변장을 하고 계단을 올라가던 프레디는 그만 굴러떨어지고 말았다.

## 돼지 프레디와 다양한 동물 친구들이 주는 웃음과 감동, 무한한 호기심이 펼쳐지는 동물들의 세상

돼지 프레디와 동물 친구들이 살고 있는 '빈 아저씨네 농장'을 무대로 펼쳐지는 프레디 이야기는 1927년도에 첫 권《플로리다에 간 프레디》를 시작으로 1958년 총 26권이 발행되기까지 당시 미국 어린이들의 사랑을 한몸에 받은 아동 문학의 고전입니다. 영리하고 합리적인 돼지 프레디를 중심으로 농장에 사는 다양한 동물들의 생활이 생생하게 펼쳐지고 있습니다. 재미와 웃음, 감동은 물론 이야기를 다 읽고 난 다음에는 왠지 내게도 일어날 수 있을 것 같은 이야기에 마음이 설레기까지 합니다. 이 동화가 출간되던 당시 미국에서 어린 시절을 보낸 사람이라면 프레디 이야기를 모르는 사람이 없을 정도로, 프레디 이야기는 '선과 악, 우정과 배반, 정직과 거짓에 대해 가장 명확한 정의를 내려 준' 책으로 인정받고 있습니다.

이 책의 지은이인 월터 R. 브룩스(Walter R. Brooks)는 1886년 1월 9일 뉴욕 주의 롬에서 태어나 1958년 8월 17일 뉴욕 주의 록스베리에서 사망하기까지 수많은 글을 쓰며, 여러 유명 잡지에 글을 발표했습다. 그중 단편 소설 〈에드는 맹세했다〉는 1950년대에 말하는 말을 주인공으로 한 텔레비전 시리즈《에드 씨》의 기본 줄거리가 되기도 했습니다. 뭐니뭐니해도 브룩스의 가장 훌륭한 업적은 바로 이 프레디 시리즈라 할 수 있습니다. 1958년 세상을 떠날 때까지 그는 프레디를 주인공으로 총 26권의 이야기를 써 나갔습니다.

《레오폴드 왕의 유령》의 저자인 아담 호크쉴드(Adam Hochschild)는 "나의 어린 시절에 선과 악, 우정과 배반, 정직과 거짓에 대해 가장 명확한 정의를 내려 준 곳은 교회도, 학교도, 보이스카우트도 아닌 '빈 아저씨 농장'이었다"고 회상하고 있습니다.

미국의 유명한 평론가이자 작가인 라이오넬 트릴링은 프레디 시리즈를 "정말 유쾌하다"고 평했습니다. 또 부룩스를 좋아하는 사람들은 프레디를 조지 오웰의 《동물 농장》(1945년)에 나오는 유명하고 문학적인 돼지들의 조상으로 보고 있기도 합니다.

프레디 시리즈의 삽화를 그린 쿠르트 바이제(Kurt Wiese)는 1887년 독일 민덴에서 태어났습니다. 1928년에 '아기 사슴 밤비'를 그리면서 세계적인 명성을 얻은 그는 1974년 5월 87세를 일기로 세상을 떠나기까지 400권이 넘는 책의 삽화를 그렸으며, 그 가운데 18권은 직접 글을 쓰기까지 했습니다. 세계 곳곳을 여행했으며, 특히 중국을 좋아해 중국에서 오랫동안 머물렀습니다. 그의 작품 가운데는 중국에서의 기억과 소재를 바탕으로 한 작품이 여럿 있습니다. 미국의 동화책 삽화가 중에서도 특히 뛰어난 작가로 인정받고 있는 그는, 칼데코트 상(Caldecott Honors : 1938년부터 매년 최우수 그림책을 만든 작가에게 수여되는 명예상)과 뉴베리 상(Newbery Awards and Honors : 1922년부터 매년 최우수 어린이 문학 작가에게 수여되는 최고의 영예)을 받았습니다. 바이제는 특히 동물들을 즐겨 그렸다고 합니다.

### 프레디

이 책의 주인공. 똑똑하고 영리한 돼지. 글을 읽을 줄 알며 모험을 즐긴다. 플로리다와 북극을 여행했으며, 동물들의 존경을 받고 있다. 용기와 뛰어난 관찰력으로 훌륭한 탐정이 된다.

### 징크스

검은 고양이. 프레디의 오랜 친구로, 민첩하며 장난을 좋아한다. 웬만해서는 남을 미워하지 않지만 시궁쥐만은 좋아하지 않는다. 수탉 찰스에게 장난을 쳤다가 어려움에 처한다.

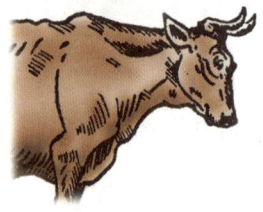

### 위긴스 부인

겸손하고 마음 착한 암소. 웬만해서는 화를 내지 않는다. 탐정 사무소에서 프레디의 일을 도와준다. 이것저것 아는 것이 많아 프레디에게 큰 도움이 된다.

### 찰스

꼬리 깃털 닦는 것이 취미인 수탉. 남들 앞에서 연설하는 것을 특히 즐긴다. 아무도 추천하지 않았지만 스스로 동물 농장 최초의 판사가 된다. 자신에게 모욕을 준 징크스를 싫어한다.

### 헨리에타

찰스의 부인. 찰스에게 잔소리를 해 대는 것이 가장 큰 일과인 암탉. 찰스가 말을 듣지 않으면 인정사정없이 꼬집고 쪼아 댄다. 찰스가 세상에서 가장 두려워하는 존재.

## 사이먼 영감과 식구들

시궁쥐 무리들. 징크스가 숲으로 쫓아냈지만 헛간으로 돌아와 곡식을 훔쳐서 징크스를 화나게 한다. 징크스를 감옥에 가두기 위해 온갖 꾀를 짜낸다.

## 페르디난드

위엄 있고 냉정한 까마귀. 그러나 애완견의 저녁 밥을 훔쳐먹는 장난을 치다가 프레디에게 들켜 망신을 당한다. 징크스 사건 때 검사 역할을 한다.

## 이니

정말 작은 생쥐. 프레디 탐정 사무소의 일등 심부름꾼이다. 프레디의 일을 돕는 것을 자랑으로 여긴다. 프레디가 탐정 일을 할 때 필요한 자료를 챙겨 주며, 때론 목격자 겸 증인이 되기도 한다.

## 한크

늙고 오래된 말. 농장 일을 너무 많이 한 탓에 관절염을 앓고 있다. 세상 어느 것에도 확신을 갖지 못하지만 세상에서 제일 맛있는 게 귀리라는 것만은 확신한다. 동물 감옥의 상냥한 간수가 된다.

## 빈 아저씨

동물 농장의 주인. 농장의 동물들을 한결같이 사랑하고 보살핀다. 특히 프레디를 믿어 준다. 잠옷과 하얀 수면 모자가 있어야만 잠을 잘 수 있다.

**옮긴이 | 한유미**

한림대학교를 졸업한 뒤 번역가로 활동하고 있다.
삼성그룹에서 문서 번역 업무를 맡아 했으며
삼육대학교, 나사렛대학교에 출강하는 틈틈이
어린이 생활 컴퓨터 도서를 기획하고 집필했다.
옮긴 책으로 《일년이 행복해지는 마음의 지혜》
《북극에 간 프레디》 외 여러 권이 있다.

# 탐정 프레디

초판 1쇄 인쇄 | 2004년 8월  5일
초판 1쇄 발행 | 2004년 8월 10일

지은이 | 월터 R 브룩스
옮긴이 | 한유미
펴낸이 | 양동현

펴낸곳 | 도서출판 나들목
출판등록 | 제6-483호
주소 | 서울 성북구 동소문동4가 124-2
대표전화 | 02) 927-2345  팩시밀리 | 02) 927-3199
이메일 | academybook@hanmail.net

ISBN | 89-90517-33-8  04840
ISBN | 89-90517-30-3  04840(전 3권)

잘못 만들어진 책은 구입한 곳에서 바꾸어 드립니다.

# 탐정 프레디
## Freddy The Detective

월터 R. 브룩스 | 한유미 옮김

나들목

# 차 례

# 1
# 프레디의 첫 번째 사건

어느 무더운 날이었다. 하얀 오리 앨리스와 엠마는 연못에서 다이빙과 수영을 하다가 지쳐 둑으로 올라왔다.

엠마가 빈 아저씨의 농가 쪽을 바라보다 소리를 질렀다.

"오, 저런! 집이 마치 녹아 내리는 것 같아. 지붕, 문짝, 벽이 모두 흐물거리고 있어. 봐, 봐, 앨리스."

"더운 날에는 다 그렇게 보이는 거야." 앨리스가 대답했다.

"그래도, 난 싫어. 저런 걸 보고 있으면 속이 울렁거려. 저런 건 원래 그대로 있어야 한다고 생각해. 아무리 덥더라도 말이지. 자, 다시 물에 들어가서 더위나 식히자."

앨리스는 심드렁하게 연못을 쳐다보았다. 아주 크지는 않았지만 그곳에는 소 세 마리, 말 두 마리, 개 한 마리가 있었다. 그리고 대여섯 마리의 다른 동물들은 물 밖으로 나와 둑에 앉아 쉬고 있었다.

"손님이 너무 많단 말야."

앨리스는 뾰로통하게 말했지만 진짜로 화가 난 것은 아니었다. 사실 앨리스는 누구보다도 상냥한 오리였다.

앨리스가 목소리를 높였다.

"난 왜 이 연못을 오리 연못이라고 부르는지 모르겠어. 날씨가 더워지기만 하면 농장의 모든 동물들은 여기를 자기네 수영장으로 써도 되는 줄 안단 말야. 고맙단 말 한 마디 없이 말이야. 그리고 저길 봐, 엠마! 무슨 수로 우리가 저기에 낄 수 있겠니?"

위긴스 부인과 부르츠버거 부인이 연못 귀퉁이에서 귀퉁이까지 갔다가 돌아오는 경주를 하고 있었다. 이 두 마리 소는 흙탕물을 튀기고 버둥거리고 콧김을 내뿜으며 물결을 만들어 냈다. 둑에 있던 동물들이 응원과 격려를 보내고 있었다. 바로 그런 모든 것들이 뚱보 오리들의 기분을 상하게 하는 것이었다. 엠마가 말했다.

"이리 와, 우리 좀 걷자. 어디 바람 부는 그늘이나 찾아보자고. 여기 물은 이제 공기나 마찬가지로 더우니까 말야."

오리들은 집을 향해 나 있는 골목길을 뒤뚱거리며 걸어갔다. 그러다가 검은 고양이 징크스와 마주쳤다. 징크스는 더위를 식히려는지 울타리 근처에서 하늘을 향해 네 발을 뻗고 누워 있었다. 징크스가 인사를 했다.

탐정 프레디

"안녕, 오리들? 이런, 너희 정말 좋아 보인다!"

앨리스가 대꾸했다.

"그래? 하지만 그렇지 않아 보이는데? 바람 한 점 없는 모퉁이에서 더위를 참고 있다니. 우리랑 같이 가는 게 어때? 우린 바람 부는 곳을 찾아가고 있는 중이거든."

"그래?" 징크스가 단숨에 일어나서 소리쳤다. "나도 너희들이랑 갈래. 근데 먼저 프레디를 찾아보는 게 어때? 그 돼지는 분명히 시원한 곳에 있을 거야. 프레디는 이 농장의 누구보다도 편하게 지내는 방법을 알고 있거든."

프레디는 매우 영리한 돼지다. 빈 아저씨 농장의 동물들을 모아 회사(헛간 앞마당 여행 주식회사)를 만든 것도 바로 그였다. 프레디는 동물 일행을 이끌고 관광 여행에 나선 적도 있었다. 그는 글을 읽을 줄 알고, 도서관을 만들어도 될 만큼 책과 잡지, 신문을 많이 모았다. 또 그것으로 다른 동물들이 여행을 갈 수 있는 돈을 벌기도 했다. 그는 지금까지 모은 책과 잡지, 신문을 돼지우리 구석 한쪽에 모아 놓고 그곳을 자신의 '서재'라고 불렀다.

앨리스와 엠마는 프레디가 시원한 곳에 없을지라도 흥미 있는 새 소문이나 그동안 읽은 것 중에서 자기들에게 얘기해 줄 만한 거리들을 갖고 있으리라고 생각했다. 그래서 그들은 징크스와 함께 프레디를 찾아 나섰다.

"에버렛의 기차에 관해 얘기 들었어?" 징크스가 같이 걸으면서 물었다.

"아니." 오리들이 대답했다.

에버렛과 여동생 엘라는 빈 아저씨 부부가 입양한 아이들이었다. 그 아이들은 살기 힘든 북쪽 숲에서 살고 있었는데, 농장의 동물들이 이곳으로 데려왔다. 농장의 동물들은 자신들이 데려왔기 때문에 엘라와 에버렛에게 관심이 많았다. 물론 그애들도 동물들에게 관심이 많았다. 아이들은 이 농장에서 매우 즐거운 시간을 보내고 있었다. 동물들은 아이들에게 저마다의 특기를 가르쳤다. 오리들은 수영을 가르쳤고, 말들은 달리는 방법을, 고양이들은 기어오르는 법과 숲 속에서 소리 없이 이동하는 방법을 알려 주었다. 까마귀 페르디난드는 하늘을 나는 방법을 알려 주고 싶어 했지만 아이들은 날개가 없었으므로 별로 소용이 없었다. 동물들은 항상 아이들과 게임도 하고 무엇이든 같이 했다. 그래서 두 아이는 이 세상 어떤 어린이보다도 즐거운 시간을 보내고 있었다.

징크스가 말했다.

"그래. 내가 들어 본 것 중에 가장 재미있는 일이야. 어젯밤 에버렛이 잠들었을 때 그 기차는 에버렛의 침대 옆에 놓여 있었거든. 빈 아줌마가 그때 집을 둘러보았고, 나도 나에 관한 기사를 보고 있던 중이었어. 근데 그게 사라져 버린 거야. 사건에 관해 의심할 만한 것이 없어."

"거참, 괴상한 일이구나." 엠마가 말했다. "혹시 에버렛이 장난으로 숨겨둔 건 아닐까?"

"아냐, 아냐. 그런 일은 없어. 그애는 아침 내내 사방으로 찾아다녔어. 그 기차를 정말 좋아했거든. 나도 발톱으로 기차를 잡아당기는 걸 좋아했단 말야!"

징크스가 사납게 외치자 엠마가 몸을 떨면서 소리쳤다.

"아이고 무서워라! 징크스, 그렇게 노려보지 마. 앨리스와 난 그 사건과 아무런 관계가 없다고."

"아냐, 아냐. 물론 너희들은 아니지." 고양이는 표정을 누그러뜨리더니 갑자기 배를 잡고 웃어 댔다. "상상해 봐. 오리가 강도라니."

오리들은 징크스에게 화가 났다. 먼저 엠마가 항의했다.

"그래? 우리도 마음만 먹으면 강도가 될 수도 있어. 우린 네가 생각하는 것처럼 소심하지 않아!"

"엠마 말이 맞아." 앨리스가 말을 거들었다. "우리 웨슬리 아저씨를 보라고! 그 아저씨가 무슨 일을 해냈는지 넌 알고 있겠지? 커다랗고 늙은 코끼리가 센터보로의 서커스단에서 도망쳐 나와 우리 연못에서 목욕을 하려고 했었던 때, 그때 알지? 그 아저씨가 코끼리를 연못에서 쫓아 버렸다고!"

"물론!" 고양이 징크스가 말했다. "물론 나도 기억해."

징크스는 뽐내기 좋아하는 작은 웨슬리 아저씨가 연못에서 코끼리에게 나가라고 명령했을 때 코끼리가 얼마나 웃어 댔는지도 기억났다. 그러나 오리들에게 그것까지는 말하지 않았다. 징크스는 얘기를 계속했다.

"뭐, 어쨌든. 이 기차 도난 사건은 우리에게 정말 부끄러운 일이야. 우린 이 사건을 풀기 위해 뭔가 해야만 해. 오늘은 뭔가 하기에는 지나치게 더운 날이긴 해도 말야."

고양이는 이렇게 말하고는 걸음을 멈추고 수염으로 떨어지는 땀을 앞발로 훔쳤다.

그들은 집 주위를 돌아서 울타리 옆으로 난 길을 따라 농장이 끝나는 곳으로 내려갔다. 그런 다음 숲 쪽으로 세워져 있는 울타리를 따라 다시 돌아 올라가서 뒤편 방목장을 가로질러 갔다. 하지만 그 어디에서도 프레디의 흔적을 찾을 수 없었다. 징크스가 말했다.

"이상한걸. 난 우연히라도 프레디와 마주칠 줄 알았는데 말야. 우리, 이 나무 밑에서 좀 쉬었다 가자."

"넌 그러고 싶으면 그렇게 해." 엠마가 말했다. "난 프레디를 찾을 거고, 바로 지금 찾아 나설 거야."

오리들이 다 그렇듯이 엠마도 매우 고지식했다. 그래서 엠마가 한번 맘을 먹으면 그 누구도 막을 수 없었다.

"아, 알았어." 징크스가 부드럽게 말했다. "그냥 너무 더워서 해 본 소리야. 우리 한번 돼지우리에 가 보자. 아마 그곳 서재에 있을 거야."

하지만 돼지우리에도, 마구간에도, 외양간에도 프레디는 없었다.

"아마 숲 속 어디선가 빈둥거리고 있을 거야." 앨리스가 말했다. "피터한테 들렀을지도 몰라."

피터는 일 년 전 북극 여행에서 돌아올 때 데리고 온 곰으로, 지금은 빈 아저씨의 숲 속에 있는 동굴에서 살고 있었다.

"맞아. 그리고 어쨌든 숲 속이 더 시원하니까."

징크스가 말했다. 그들은 다시 방목장을 가로질러 가서 조용한 녹색 나무 숲으로 들어갔다. 숲 속은 매우 조용했고 나

무들이 숲 바깥의 눈부신 햇볕을 가려서 꽤 어두웠다. 오리 두 마리와 고양이는 슬슬 걸으면서 프레디를 불렀다.

"프레디! 야, 프레디!"

징크스는 숲 속을 좋아했지만 오리들은 조금씩 긴장하기 시작했다. 엠마가 말했다.

"난 여기가 싫어. 어둡고 조용하고 또 누군가 우리를 뒤따라오는 것 같아. 저기! 소리 들었어?"

엠마가 멈추는 순간 모두 뒤를 돌아보았다. 그들 뒤의 나뭇

가지가 흔들리고 있었다.

"이게 말이나 되니? 널 해칠 만한 건 아무것도 없어. 자, 따라와."

징크스가 달랬지만 엠마가 불안한 목소리로 말했다.

"으음, 난 내 뒤에서 나는 저 소리가 정말 싫어. 웨슬리 아저씨가 언제나 말했거든. '밖에 나와 걸어다닐 때 네 뒤에서 소리가 나면 바로 집에 가는 게 좋다'라고 말야."

"하지만 넌 나와 같이 있잖아!" 징크스가 말했다.

"그래, 알아." 엠마가 말했다. "넌 누가 우리를 잡아가도록 놔두지는 않을 테니까."

그들은 계속 걸어갔다. 그러나 오리들은 신경이 매우 예민해져서 나무뿌리나 돌뿌리를 가볍게 넘을 때조차도 자꾸 뒤돌아보았다. 이제 징크스도 조금씩 불안해졌고, 오리들보다 더 예민한 귀는 뒤에서 누군가 따라오고 있다고 알려 주고 있었다. 징크스는 무섭지는 않았다. 이 숲에서 그를 해칠 동물은 없었기 때문이었다. 징크스는 자신들을 쫓는 게 여우일 거라고 생각했다. 여우는 유난히 포동포동 살진 오리를 좋아하기 때문이다.

징크스가 이 말을 꺼내려고 하는 순간 앨리스가 갑자기 겁에 질린 소리로 꽥꽥거리며 떨다가 기절해 버렸다.

"맙소사!" 엠마가 소리쳤다. "앨리스가 겁에 질릴 만한 뭔가를 본 게 틀림없어. 내가 아는 한 이런 적이 없었거든. 아냐, 아냐, 징크스. 네가 할 수 있는 건 아무것도 없어. 몇 분이 지나면 괜찮아질 거야. 아, 난 여기서 빨리 나가고 싶어!"

"우리 지금 바로 돌아가자." 기절한 오리를 발로 부축하며 징크스가 말했다. "야, 앨리스가 정신이 드나 봐. 앨리스, 너 때문에 우리 정말 놀랐어! 네가 본 게 뭐였니?"

앨리스가 서서히 눈을 떴다. "여기가 어디야?" 앨리스는 웅얼거리다가 기억을 해내고는 다리를 버둥거렸다.

"저기!" 앨리스가 부리로 가리켰다. "바로 저기 관목 덤불 뒤에 얼굴이 하나 있었는데, 코가 길고 뾰족하며 하얀색이었어." 그러면서 앨리스는 겁에 질려서 덜덜 떨었다. "정말 깜짝 놀랐어."

"넌 여기서 기다려. 내가 그놈을 잡아올게."

징크스는 이렇게 말하고는 몸을 땅에 대고 낮게 엎드린 뒤 숲을 향해 소리 없이 기어갔다. 징크스가 숲에 다다르자 오리들은 징크스를 보고 힘을 내서 숲을 가뿐하게 넘어 들어갔다.

그 순간 수풀 사이에서 한바탕 소란이 벌어졌다. 공포에 질린 날카로운 비명이 들리더니, 달려나오는 프레디의 등에 올라 탄 징크스가 보였다. 징크스는 프레디의 머리를 마구 치려다가 얼른 뛰어내렸다. 이윽고 프레디는 멈춰서 몸을 흔들고는 주변을 둘러보았다.

"나한테 이렇게 거칠게 대할 것까진 없잖아, 징크스." 프레디가 불만을 터뜨렸다. "내가 너한테 무슨 해라도 끼쳤니?"

"아냐, 넌 앨리스를 겁나게 했어. 앨리스가 기절했었단 말야." 징크스가 화가 나서 말했다. "도대체 뭘 한 거니? 인디언 놀이?"

"미안해, 앨리스. 정말 너희를 겁주려고 그런 게 아냐. 네가 나를 본 줄 몰랐어. 그냥 너희들을 미행한 거라고."

징크스가 물었다.

"미행이라고? 도대체 그게 뭔데?"

"음." 프레디가 거드름을 피우며 말했다. "그건 탐정들이 쓰는 전문 용어지. 어떤 사람이 무슨 일을 하는지를 살피기 위해 그 사람의 뒤를 쫓는 거야. 난 탐정이 될 거야. 그래서 연습 중이고."

"그래? 난 탐정이 뭔지 몰라." 엠마가 말했다. "하지만 다음에는 다른 동물들에게나 해. 난 네가 우리를 겁주려고 그러는 줄 알았어. 넌 징크스조차 겁먹게 했다고."

"난 겁 안 먹었어!" 징크스가 재빨리 말했다. "하지만 넌 날

겁주려고 했었고, 난 그것 때문에 너를 해치려 했어, 프레디. 난……."

"진짜 아냐. 정말 그런 게 아냐, 징크스. 아무에게도 얘기하지 않으려고 했던 건데, 너희들에게 그렇게 겁을 주게 된 이유에 관해 해명해야 하니까 얘기할게. 난 헛간에서 발견한 《셜록 홈즈의 모험》이란 책에서 이 아이디어를 얻었어. 이 책은 내가 그동안 읽어 본 책 중에서 최고야. 너희들도 내가 문학에 관해 어느 정도는 알고 있다고 인정들 할 거야. 이 나라에서 나처럼 좋은 도서관을 가지고 있고 해박한 지식이 있는 돼지는 없다고 감히 말할 수……."

"아, 땀이나 식히고 나서 얘기를 듣자." 징크스가 무례하게 프레디의 말을 끊어 버렸다.

"알았어. 이 길로 가면 돼." 프레디가 친구들을 안내하며 말했다. "이 셜록 홈즈라는 사람은 대단한 탐정이야. 범죄가 일어나고 아무도 범인을 잡지 못할 때마다 사람들은 셜록 홈즈를 부르지. 그러면 홈즈는 언제나 범인을 찾아내곤 해."

"하지만 아무도 모르는 범인을 어떻게 찾아낼 수 있지?" 앨리스가 물었다.

"그는 영리하니까." 프레디가 답했다. "범인이 발자국을 남겼다면 홈즈는 누구의 발자국인지 알아내. 오, 정말 진짜 대단해! 홈즈는 어느 누구도 눈치채지 못하는 작은 것들을 잘 봐. 홈즈라면 너를 한번 보고도 네가 어디 살았는지, 무엇을 하는지까지도 말할 수 있어. 내가 어떻게 하는 건지 한번 보여 줄게. 알고 보면 아주 간단해. 징크스의 등을 한번 봐. 털에 잔디 조각과 나뭇잎이 붙어 있어. 이건 나무딸기 덤불 조각이지. 우리 농장에 나무 딸기 덤불은 집 근처 울타리 주위에만 있어. 이것으로 징크스가 거기 있었다는 걸 알 수 있지. 그리고 등에 왜 이런 게 붙어 있을까? 음, 그건 날이 덥기 때문이야. 고양이들은 종종 등을 땅에 대고 더위를 식히지. 그래서 우리는 확실히 알 수 있게 돼. 그가 집 근처에 있는 울타리 근처에 누워 잠을 자고 있었다는 걸 말야."

"우와, 진짜 대단하구나, 프레디." 징크스가 말했다.

"이건 그다지 대단한 건 아냐." 프레디가 겸손하게 말했다. "네가 거기서 자는 걸 봤거든. 하지만 보지 않았어도 네 털에 붙어 있는 잎들만 보고도 네가 거기 있었다는 걸 바로 알 수 있었을 거야."

"근데, 무엇 때문에 우리 뒤를 쫓았니?" 앨리스가 물었다.

"왜냐고? 내가 말했잖아. 너희들을 미행하고 있었다고. 탐정이 되기 위한 실습 과정이야. 난 농장 주변을 돌고 있는 너희의 뒤를 쫓아다녔지. 네가 나를 본 줄 몰랐어. 진짜야. 내가 훌륭한 탐정이라면 넌 아무것도 눈치채지 못했을 거야. 너희가 무얼 하는지 알아보려고 그랬지."

"그냥 물어보면 왜 안 되는 거야?" 엠마가 물었다.

"탐정은 물어보지 않아!" 프레디가 참을성 없이 말했다.

탐정 프레디

"넌 도대체 이해를 못하는구나?"

"그래, 난 이해 못해. 물어봤으면 바로 얘기해 줄 수 있는 일을 갖고 성가신 일을 만들어서 알아내는구나. 우린 바로 너를 찾고 있는 중이었다고."

"프레디가 말하는 건, 우리가 범죄자인 것처럼 뒤를 쫓았다는 거야." 징크스가 설명해 주었다. "물론 우리가 범죄를 저질렀다면, 그리고 우리가 뭔가 훔쳤다면 우리는 그에게 얘기

하지 않았겠지. 그런 건 물을 필요도 없다고. 알겠니?"

"오, 그래?" 엠마가 말하자 앨리스도 똑같은 목소리로 말했다. "오, 그러셔?"

그러더니 오리들은 쌀쌀한 말투로 "돌아가." 하고 동시에 말하고는 집 쪽으로 방향을 돌렸다.

징크스는 프레디에게 윙크했다. 그들 둘은 오리들을 매우 재미있다고 생각했다. 앨리스와 엠마는 이 세상에서 가장 친절하고 마음씨 착한 작은 동물이지만, 그들이 모르는 것에 대

해 설명하는 건 정말 쓸모없는 일이었다. 어떤 때는 이미 알고 있는 것조차도 뒤죽박죽 생각하다가 엉망으로 만들었다.

오리들은 행복한 발걸음으로 뒤뚱거리면서 걸어갔다. 겁에 질렸던 일은 완전히 잊어버리고. 징크스와 프레디는 그 뒤를 따라가며 탐정에 관한 얘기를 했다. 프레디가 책에서 읽은 셜록 홈즈의 모험을 들려주었더니 징크스는 재미있어 어쩔 줄 몰라 했다. 이윽고 징크스가 말했다.

"참, 프레디, 내가 흥분해서 몽땅 잊어버릴 뻔했는데 말야, 이 농장에 탐정이 나서야 할 일이 생겼어."

징크스는 사라진 기차에 관해 얘기했다. 프레디가 들뜬 표정으로 말했다.

"이 사건을 바로 맡아야겠어. 두고 봐, 기차를 찾아내고 말 거야! 여기에 얽힌 미스터리가 농장에 많이 있을 거야. 난 그 모든 걸 다 풀어 낼 거야. 어쩌면 이걸 책으로도 낼 수 있을지 몰라. 제목은 '프레디 탐정의 모험'이 되는 거고, 기차 사건이 첫 번째 장이 되는 거지. 장 제목은 '프레디의 첫 번째 사건'."

"네가 만일 기차를 찾는다면 말야." 징크스가 말했다.

"오, 이런." 프레디가 슬퍼했다. "난 네가 좋아, 징크스. 근데 넌 왜 항상 뭐든 그렇게 말하니? 난 찾아내고 말 거야."

"그래, 넌 해낼 거야, 오랜 친구야." 징크스가 빙긋이 웃으며 말했다. "내가 널 도와줄 테니까 말야."

## 2
## 협정을 깬 시궁쥐들

"첫 번째 할 일은 범죄 현장에 가 보는 거야." 프레디가 말했다.

작은 동물들은 언제나 빈 아줌마의 집안일을 돕느라 하루에도 몇 번씩 집을 들락거렸다. 그래서 징크스와 프레디가 부엌으로 갔을 때도 토끼 두 마리가 빈 아줌마가 콩깍지 벗기는 일을 돕고 있었다. 징크스와 프레디가 부엌 계단을 오르려고 할 때 빈 아줌마가 말했다.

"징크스, 프레디, 계단 조심하거라. 계단이 아주 높거든. 잘못하다 다치지 말고."

아이들 방은 현관 건너편의 앞쪽 침실이었다. 빈 아저씨 부부가 쓰는 방은 바로 그 옆에 있었다. 징크스가 마루를 가로질러 가려고 하자 프레디가 징크스를 붙잡았다.

"제발 아무것도 건드리지 마. 내가 수사를 끝낼 때까지 말 야."

"난 아무것도 건드리지 않았어. 너 도대체 왜 그러니?" 징 크스가 물었다.

"넌 지금 단서를 사라지게 하고 있어." 프레디가 퉁명스럽 게 대답했다. "모든 범죄는 단서를 가지고 있지. 단서를 좇기 만 하면 범인을 찾을 수 있어."

"내가 단서가 뭔지 알고 있다면 네가 뭘 말하고 있는지 잘 알아들을 수 있을 텐데."

그러나 프레디는 대답을 하지 않았다. 프레디는 탐정이 되 기 위해 할 수 있는 모든 일을 다하려고 했다. 먼저 마루 바닥 을 매우 조심스럽게 살핀 뒤 침대와 창문턱을 살폈다. 그런 다음 엘라의 반짇고리에서 줄자를 꺼내 창문턱의 높이와 창 문에서 침대까지의 거리를 쟀다. 징크스는 문쪽에 앉아 프레 디를 지켜보며 잘나고 냉정하게 보이려고 애쓰고 있었다. 하 지만 그렇게 보이려는 건 진짜 어려운 일인데다 아무도 징크 스에게 관심을 갖지 않았기 때문에 징크스는 그냥 포기하고 잠이 들고 말았다.

잠시 후 징크스가 잠에서 깨어나 보니 프레디가 창밖을 내 다보며 골똘히 생각에 잠겨 있었다. 징크스가 물었다.

"흠, 뭐라도 좀 찾았니? 그, 뭐라 그랬었지? 그래, 네가 찾 고 있던 단서."

"그럼." 프레디가 거드름을 피며 말했다. "게다가 난 누가 기차를 훔쳤는지도 알아."

징크스가 펄쩍 뛰어올랐다.

"뭐? 프레디, 진짜야? 그게 누군데?"

"잠시 뒤에 알려 줄게. 그 전에 내가 뭘 좀 물어봐야겠어. 내 사건을 완벽하게 해결하고 싶거든. 자, 어젯밤에도 이 창이 열려 있었니?"

"그랬을 거야. 빈 아저씨 가족은 언제나 창을 열어 둔 채로 잠을 자. 건강에 아주 나쁜 습관이지. 난 그렇게 생각해. 그런데……."

"그리고 저 문은 닫혀 있었겠지?" 프레디가 징크스의 말을 끊고 물었다.

"확실해. 저녁 내내 가끔씩 집 안을 돌아다녔거든. 내가 알기론 문은 닫혀 있었어."

"지난밤에 어떤 소리 못 들었니?"

"그런 바보 같은 질문이 어딨니?" 징크스가 말했다. "난 언제나 소음을 듣지. 매일 말야. 밤새도록 소음은 계속돼. 시계가 째깍거리는 소리, 빈 아저씨의 코고는 소리, 바람이 집 안을 돌아나가는 소리, 가구가 삐걱거리는 소리, 그리고……."

"아니, 아니, 그런 거 말고." 프레디가 이번에도 참지 못하고 징크스의 말을 끊어 버렸다. "내가 말하는 건 평소에는 들리지 않던 소리를 말하는 거야. 잘 생각해 봐."

"흠……." 징크스가 잠시 생각에 잠겼다가 말했다. "어디 보자. 내가 항상 듣던 소리가 아닌 걸 하나 듣긴 했지. 네 마리의 파리가 부엌 천장에서 자고 있더라고. 오늘 아침 한 마리를 잡았어. 어쨌든 파리들은 일어나서 지난밤에 있었던 일로 말다툼을 하고 있더군. 물론 그건 네가 말하는 그 소음과는 다르겠지? 그건 나로서도 듣기 힘든 소리였으니까 말야. 그리고는, 아, 뭔가가 있었는데. 뭐였더라, 기억이 가물가물해. 오, 알았다. 몇 번의 쿵 소리였어."

"쿵 소리?"

"응. 밖의 어딘가에서 들렸는데……."

"어떤 종류의 쿵 소리?"

"글쎄, 잘 모르겠어. 그냥 쿵 소리지 뭐. 내 생각에는 숲 속 너머에 살고 있는 너구리들이 낸 소리 같아. 개네들은 항상 밤중에 장난치고 놀잖아. 뭘 하고 있는지 보러 가고 싶었지만 너무 졸려서 가 보진 못했어."

"아, 그랬구나." 프레디가 말했다. "근데, 이 사건은 그 소리가 무슨 소리였는지 알기 전에는 깨끗하게 해결할 수 없겠는걸. 모든 게 앞뒤가 딱딱 들어맞긴 하지만 말야. 이건 탐정 일에서 매우 중요한 부분이지. 여길 봐, 징크스. 내가 사건을 어떻게 해결하는지 보여 줄게. 우리 이걸 '증거물 1'이라고 하자. 어때?"

하얀 페인트 칠이 된 창문턱 위에 몇 개의 긁힌 자국이 있

탐정 프레디

었고, 그 자국에는 녹색 페인트의 흔적이 있었다. 징크스는 자국의 냄새를 맡고 나서 할 말이 떠오르지 않아 이렇게만 얘기했다.

"그래, 바로 이거야!"

"이게 뭔가 관련이 있는 건 아니겠지?" 프레디가 물었다.

"그래, 맞아. 바로 맞아." 징크스가 성급하게 말했다. "녹색 페인트 말야. 이건 아주 중요한 거라고."

"날 따라와 줘서 고맙다, 친구야. '증거물 2'를 보러 가자."

프레디는 징크스를 침대 너머로 데리고 가서 베개에 붙어 있는 여섯 가닥의 짧고 진한 회색 털을 보여 주었다. 징크스는 그 털의 냄새를 자세히 맡아 보고는 마루 바닥으로 털을 불어 냈다.

"야!" 프레디가 소리쳤다. "좀 조심해 줄 수 없니? 넌 증거를 망가뜨리고 있다고. 우리 사건에 이게 꼭 필요하단 말야."

"어떤 사건? 홍역 사건?" 징크스는 프레디를 얕잡아보듯 말했다. "말해 봐, 프레디. 너 날 놀리는 거니? 아니면 네가 바보니? 넌 이 짧고 오래된 회색털과 녹색 페인트를 보고 마치 대단한 걸 찾은 듯이 말하고 있잖아. 이런 게 모두 네 탐정 일에 관련된 거라면 난 갈래. 난 이런 것보다 더 재미있는 놀이를 많이 알고 있거든."

"잠깐만 기다려 봐!" 프레디가 외쳤다. "이런! 징크스, 난 네가 다 이해하는 줄 알았어. 네가 다 이해한다고 그랬잖아. 여길 봐, 기차엔 녹색 페인트가 칠해져 있었어. 그렇지? 이건 도둑이 지난밤에 기차를 창을 통해 밖으로 옮겼다는 증거야. 안 그러니?"

"흠, 네가 찾아낸 게 뭔지 알겠어." 징크스가 말했다.

"그래?" 프레디가 말을 이었다. "이제 내가 그 털의 종류가 뭔지 알려 줄까?"

"그 털? 난 모르겠어. 그냥 털이잖아."

"머리를 좀 써 봐. 그게 엘라 거겠니, 아니면 빈 아줌마 머리카락이겠니?"

"물론 아니지. 그건 고양이 털이랑 비슷한데."

"이 근처에 회색 고양이가 있니?"

"아니. 그럼, 생쥐인데. 잠깐…… 아냐, 그건 생쥐 털보다 거칠었어. 그러니까 …… 그럼, 시궁쥐잖아!" 징크스가 갑자기 소리를 질렀다. "이런, 시궁쥐 털이야. 프레디! 신경질이 나려고 한다!"

징크스는 정말 화가 많이 났다. 집에 시궁쥐가 들어왔다는 건 자신에 대한 도전이었기 때문이었다.

징크스가 농장에 오기 몇 년 전, 빈 아저씨의 농가에는 시궁쥐 가족들이 살고 있었다. 헛간에도 몇 마리가 살고 있었다. 징크스는 시궁쥐에게 나가라고 명령했고, 시궁쥐들은 징크스를 비웃었다. 하지만 징크스는 용감하고 건장한 고양이이자 사나운 싸움꾼이었다. 시궁쥐들은 몇 번의 전투 끝에 도저히 버틸 수가 없게 되자, 어느 날 밤 휴전 깃발을 들고 그를 만나러 왔다. 시궁쥐들은 징크스가 자신들을 해치지 않는다면 모두 숲으로 이사를 가서 다시는 집이나 헛간에 발을 들여놓지 않겠다고 약속했다. 그리고 그 약속은 지금까지 잘 지켜지고 있었다.

"믿을 수가 없어." 징크스가 말했다. "그건 시궁쥐 털이야. 시궁쥐가 이 방으로 들어올 수 있는 방법은 단 하나, 현관을 통해서야. 근데 걔네는 현관을 올라올 수 없어. 현관으로만 들어올 수 있는데 말야. 그리고 현관은 지난밤 내내 닫혀 있었어. 낮에 들어와서 숨었다가 그랬을까? 정말이지 믿을 수 없어."

"그럴 필요 없었을걸." 프레디가 말했다. "침대 밑을 봐, 징크스."

징크스는 침대 밑으로 다가갔고, 생각했던 것보다 훨씬 심한 걸 보았다.

"새로 뚫은 쥐구멍이잖아!" 징크스가 외쳤다. "그래, 바로 쥐구멍이야. 그런데 왜 기차를 이쪽으로 옮겨가지 않고 창을 통해 가지고 나갔을까? 내 생각엔 시궁쥐들이 기차를 밀어 올린 뒤에 현관 지붕에 가서 아래로 떨어뜨린 것 같아."

"그래서 네가 그 쿵 소리를 들은 거지." 프레디가 말했다. "자, 이제 밖으로 나가 보자. 그들은 기차를 통째로 운반해 갈 수 없어. 기차의 객차 하나가 시궁쥐만 한 데다가 객차는 모두 네 개야. 객차는 모두 잘 연결되어 있어서 나누기가 까다롭지. 시궁쥐들은 기차를 질질 끌고 갔을 거야. 기차를 어디로 끌고 갔는지 흔적을 찾을 수 있을지도 몰라."

현관 앞에 있는 커다란 화단에서는 다람쥐 예닐곱 마리가 열심히 일하고 있었다. 그들은 잡초를 뽑은 뒤 발톱으로 긁어 모으고 꼬리로는 먼지를 쓸어 냈다.

"어이, 빌." 프레디가 대장으로 보이는 가장 큰 다람쥐를 불렀다. "잠시만 이리로 와 봐. 뭐 좀 물어볼 게 있어."

빌은 앞발로 먼지를 털어내고는 열심히 일하고 있는 다른 다람쥐들에게 화가 난 말투로 소리쳤다.

"좀 더 부지런히 일해. 내가 등을 돌리고 있다고 빈둥거렸다가는 혼날 줄 알아!"

그리고는 프레디에게 다가가더니 '별로 도와드릴 게 없을 것 같은데요, 선생' 하고 말했다. "모두들 기차에 관해서 얘기하고 있더군요."

"그래." 프레디가 말했다. "우린 도둑이 창문으로 기차를 옮긴 뒤에 지붕에서 떨어뜨린 증거를 갖고 있어. 오늘 아침에 여기 일을 시작할 때 이 화단에 뭔가 떨어진 흔적을 보지 못했나?"

"있었습니다, 선생. 그때는 별 생각없이 보았는데 지금 생각하니 그게 기차가 떨어졌던 흔적 같군요. 나뭇잎 하나가 부서져 있었는데 커다란 칸나 잎이었어요. 그리고 거기에는 옴

폭하게 들어간 자국이 크게 나 있었죠. 바로 저기……."

그런데 빌이 갑자기 일하고 있는 다른 다람쥐에게 소리치느라 말을 끊었다.

"야, 캐스퍼! 그건 잡아당기면 안 돼! 그건 잡초가 아니란 말야! 별꽃과 금련화가 다르다는 걸 너희들에게 가르친 적이 없었니? 머리가 그렇게 나빠서 어디다 써먹니? 아, 실례했습니다, 선생." 빌은 프레디에게 사과했다. "이 친구들은 단 일 분도 그냥 맘 놓고 두지 못해요. 쟤들은 뭐가 뭔지 잘 알고 있

으면서도, 금련화를 잡초로 착각했다는 듯 뽑아서는 먹어 버리는 거예요. 금련화는 맛이 좋거든요."

"그래, 그래." 프레디가 재촉했다. "자네 하던 얘기를 마무리하게나."

"아, 참, 제가 어디까지 얘기했었죠?" 빌은 귀를 긁적거리며 생각에 잠겼다. "아, 네, 거기에 오른쪽에서 왼쪽으로 옴폭 패인 자국이 있었어요. 그리고 내 기억에는 그 방향은 헛간으로 난 것이었죠. 헛간으로 끌고 간 거예요. 잔디에 맺힌 이슬이 말라 버렸으니 지금은 흔적을 볼 수 없어요. 하지만 아침에는 그 흔적이 매우 잘 보였어요. 헛간을 향해 쭉 내려간 흔적이 말이죠, 선생."

프레디는 다람쥐에게 고맙다고 인사하고는 징크스와 함께 헛간의 늙은 말 한크를 만나러 갔다.

"오, 프레디." 한크가 반가워했다. "요즘 이 근처에서 통 볼 수가 없길래 책을 읽느라 바쁘거나 시를 쓰고 있을 거라고 생각했어."

"아, 시는 잘되어 가고 있어." 프레디가 대답했다. "하지만 지금은 진짜 중요한 일을 하고 있지. 난 지금 탐정이야."

"내 그럴 줄 알았어!" 한크가 존경스럽다는 듯이 프레디를 보았다. "그럼 넌 뭘, 아니, 오늘은 뭘 찾는 중이니?"

"도둑들의 흔적을 찾고 있어. 어젯밤에 도둑들이 에버렛의 기차를 훔쳐 갔거든. 아무래도 도둑들은 이쪽으로 기차를 끌고 온 게 틀림없어. 적어도 시궁쥐들은 여기에 잠시라도 들렀을 거야. 뭐 보거나 들은 거 없니?"

한크는 입 안 가득 건초를 씹으며 생각에 빠졌다. "아니, 난 어떤 것도 떠오르지 않는걸. 누가 그걸 훔쳤는데?"

프레디는 시궁쥐들을 도둑으로 생각하는 이유에 대해 말해 주었다. 한크가 놀라서 외쳤다.

"시궁쥐들이 집에 있다고? 징크스, 네게는 나쁜 소식이구나. 빈 아저씨가 알게 되면 뭐라고 말씀하시겠니?"

"나도 나한테 안 좋은 소식이란 건 알고 있어!" 징크스가 대꾸했다. "나쁜 시궁쥐 같으니라고! 난 약속을 제대로 지키는 시궁쥐들을 본 적이 없어! 이제 다시 시작할 거야."

"그러는 편이 좋겠다." 한크는 잠시 생각에 잠겼다가 말했다. "요즘 이상한 소리가 계속 들려 왔던 것 같아. 바삭거리는 소리와 삐걱거리는 소리가 마루 밑에서 작게 들려왔어. 난 그게 시궁쥐라고는 생각지도 못했지. 왜냐하면 여기에는 다시 나타나지 않겠다고 철석같이 약속했거든. 그런데 지금 보니 아닌 것 같다. 아무래도 그들이 다시 이사를 온 것 같아. 예전에 살던 대로 말이지."

이 새로운 소식은 징크스를 더욱더 화나게 했다. 시궁쥐들은 대가족을 거느리고 헛간 밑에다 미궁 같은 터널과 통로, 지하방을 만들었던 것이다. 징크스는 앉아 있던 자리에서 뛰어내려 프레디를 따라 밖으로 나갔다.

"뒤편에 있는 초석 밑에 주요 통로가 있었어." 프레디가 말했다. "최근에 사용된 흔적이 있다면 바로 알 수 있을 거야."

프레디와 징크스가 헛간 문을 나서는 순간 회색 물체가 쏜살같이 헛간 벽에 붙어서 자라고 있는 잡풀 덩굴로 숨었다. 징크스는 바로 뒤쫓아 가며 화가 나서 외쳐 댔다.

"야, 너! 이리 나오지 못해?"

하지만 시궁쥐는 구멍으로 뛰어들어 사라져 버렸다. 징크스는 치를 떨면서 프레디에게 물었다.

"너 이런 경우를 본 적 있니? 시궁쥐들이 여기 있는 건 괜찮다고 쳐. 근데 그건 사이먼 영감이었다고. 그는 내가 시궁쥐들이랑 싸울 때 모든 싸움에서 대장을 맡았었어. 교활한 영감탱이! 뭔가 꾸미고 있는 게 틀림없어. 머리에서 뭔가 쓸 만한 게 떠오르지 않았다면 감히 여기로 되돌아올 리가 없어."

"쥐들이랑 한번 얘기를 해 보자." 프레디가 제안했다. "생쥐 한 마리에게 휴전을 알리는 흰 깃발을 들고 내려가게 해. 뭔가 알아낼 수 있을 거야."

그래서 헛간에 살고 있는 생쥐 이니가 흰 깃발을 들고 내려갔고, 곧바로 사이먼 영감과 아들 제크, 에즈라가 같이 왔다.

"어이, 징크스." 사이먼이 느끼한 미소를 보내며 말했다. "우리 본 지 꽤 됐지? 넌 아주 좋아 보이는구나. 고양이치고는 말야. 뭔가 걱정되는 게 좀 있어 보이긴 하지만……. 뭐, 좋지 않은 일이라도 있냐?"

"아첨은 빼고 말해!" 징크스가 사납게 말했다. "이것 봐, 사이먼. 뭔가 대단한 아이디어라도 떠올랐냐? 대체 이 헛간에서 뭘 하려는 거야?"

사이먼은 놀란 듯했다.

"왜 그래, 징크스. 이곳은 우리의 오랜 터전이야. 우리 가족의 저택이라고. 우리가 여기 있으면 왜 안 되는데?"

"네 죄를 네가 알 텐데?" 징크스가 화가 나서 말했다. "넌

이 년 전에 동의했어."

"아, 그거, 그 협정 말이군." 사이먼이 앞발을 휘저었다. "진심으로 우리가 동의했다고 생각하지는 않았겠지? 안 그래? 그때는 상황을 진정시키기 위해 그게 제일 나은 방법이라 생각했지. 그건 우리의 실수였어. 이 집은 우리 집이야. 설마 우리가 축축하고 곰팡이 나는 숲에서 영원히 살 거라고는 생각지 않았겠지? 그래, 정말 그렇게 생각했던 거야?"

"헛간으로 돌아온다면 넌 영원히 살지 못할 거야." 징크스

가 차갑게 말했다.

"하하!" 사이먼이 웃어 대자 다른 시궁쥐 두 마리도 따라 웃었다. 사이먼은 앞발로 수염을 정돈하고 말했다.

"하하하! 농담이 늘었구나, 징크스. 농담 그만하고 진지해져 보자고. 우린 어떤 동물이건 자기가 원하는 곳에서 살 권리가 있다고 봐. 이게 우리가 하고 싶은 말의 전부라네. 다른 동물 모두, 말하자면 소, 돼지, 개, 말들은 살기 좋은 따뜻하고 아늑한 집을 갖고 있어. 그런데 왜 우리 시궁쥐들만 어둡고 건강에 나쁜 땅굴에서 살아야 하는 거지?"

"그거야 너희들은 도둑이니까 그렇지!" 징크스가 소리쳤다. "난 처음엔 너희가 헛간에 사는 것에 반대하지 않았어. 빈 아저씨도 그랬고. 근데 너희는 곡식을 훔쳤을 뿐만 아니라 이것저것 긁어 대고 구멍을 뚫어서 물건들을 다 상하게 했잖아. 그게 바로 이유야."

회색 시궁쥐 사이먼 영감은 앞발을 쭉 폈다.

"하지만 우린 살아야만 해! 소박한 시궁쥐들조차도 살아야 하는 건 마찬가지거든."

징크스는 거칠게 웃으며 말했다.

"네가 소박하다고? 하하. 넌 아냐! 내게 발톱과 이빨이 남아 있는 한 절대 그런 일은 있을 수 없지. 암, 그렇고 말고. 아무래도 넌 다시 전쟁을 시작하려고 한 모양이군."

하지만 사이먼은 별로 상관하지 않는 듯했다. 그는 심술궂

게 웃었다.

"전쟁? 왜 전쟁을 해야 하지? 전쟁은 더 이상 없을 거야. 우린 헛간에서 살기 위해 너랑 싸울 필요가 없거든, 징크스. 너는 그럴 거라 생각하겠지만 우린 안 그럴 거야. 상황이 변했어, 징크스."

"오, 그래? 네가 뭘 생각하고 있는지 모르지만 이거 하나만은 알아둬. 너희는 오래 가지 못할 거야. 내 경고하지. 한 번더 이 헛간에서 내 눈에 띄었다간 '시궁쥐들이여, 안녕!' 이야. 그 시궁쥐들이란 당연히 너, 그리고 너, 또 너를 말하지."

징크스는 시궁쥐들을 차례로 사납게 노려보았고, 그들은 좀 불안해졌는지 뒤로 물러났다.

"그래." 사이먼이 말했다. "그게 우릴 여기로 부른 이유라면 우린 이제 가도 되겠지? 다시 볼 때는 즐겁게 만나자고. 애들아, 돌아가자!"

"잠깐만." 프레디가 끼어들었다. "사이먼, 엊저녁에 훔친 장난감 기차는 어쨌지?"

제크와 에즈라는 깜짝 놀란 듯했지만 사이먼은 그저 싱긋 웃기만 했다.

"그-래-서?" 사이먼이 느리게 말했다. "우리가 그랬다는 걸 알아냈구나. 그렇지?" 그의 말뚱거리는 까만 눈에서 존경스런 빛이 엿보였다. "아주 영리하군, 프레디. 네 영리함이 네게 이롭지는 못하겠지만 말야. 넌 그걸 우리가 갖고 있다는 걸 알아냈구나."

"그걸 도로 갖다 놓길 바래." 프레디가 말했다. "네가 도로
갖다 놓지 않으면 이 농장의 모든 동물들이 너에게 화를 낼
거야. 그들은 모두 에버렛을 좋아하거든. 그리고……."

그런데 그때 사이먼의 아들 제크가 화가 나서 끼어들었다.

"오, 그래. 모두 에버렛을 좋아한단 말이지? 에버렛은 동물
을 귀여워하고 먹이도 줘. 하지만 우리에게는 뭘 해 줬지? 그
리고 빈 아저씨는 우리에게 뭘 해 줬지? 쥐덫과 쥐약이나 놓
은 거? 그래, 바로 그게 우리한테 해 준 일이지! 게다가 우릴
안식처에서 쫓아냈고 말야! 이래도 우리가 그에게 친절하고
상냥하게 굴고 그가 하는 모든 짓들에 대해 마음 깊이 감사해
야 하니? 단지 그가 사람이고 이 농장을 갖고 있다고 해서 말
이야? 그래, 우린 사람들한테 진절머리가 나. 사람들은 다 똑
같아. 자기 자신밖에 모르지. 그리고 맘에 안 들면 말하지.
'너, 나가!' 넌 기다리기만 해! 너나 이 농장의 나머지 거만한
동물들은 네가 무척 영리하다고 생각하지. 우린 몇 개의 최후
수단이 아직 남아 있거든. 넌 기다리기만 하면 다시 기차를
보게 될 거야. 넌 아마 포복절도하게 될걸. 그때까지……."

하지만 이때 사이먼이 말을 가로막았다.

"이리 오거라, 아들아. 폭력으로 얻을 수 있는 건 아무것도
없단다. 넌 그를 용서해야만 한다. 내 아들은 성격이 너무 급
하단 말야. 이런, 이런! 우리 모두 한번씩은 이러곤 하지. 아,

그게 바로 젊은 거겠지! 너도 젊었을 때가 있었잖아, 프레디. 물론 지금은 멍청하고 뚱뚱하고 답답하지만 말야. 네 여물통이 세상 전부였던 명랑한 새끼 돼지 시절이 아득하게 느껴지지?"

"난 늙지도, 답답하지도 않아." 프레디가 투덜거렸다.

징크스가 말했다.

"넌 성급했어, 사이먼. 어떤 시궁쥐도 내게 두 번이나 이렇게 무례하게 군 적이 없어. 이 헛간에서 떠나고 기차를 제자리에 갖다 놓을 시간을 오늘 저녁까지 주겠어. 여덟 시까지 하지 않으면 전쟁이 시작될 거야! 이해했겠지? 내가 전쟁이라고 하면 그건 바로 전쟁이라고! 자, 알아들었지?"

징크스는 말을 마치고 나서 사납게 이빨을 드러냈다. 그걸 보고는 세 마리의 시궁쥐들은 구멍으로 숨어 버렸다.

"너도 알겠지만," 프레디가 집으로 돌아가면서 말했다. "쟤네들이 말하는 것도 일리가 있긴 해. 집에서 내몰리고 사냥 당하는 것보다 더 힘든 일이 어디 있겠어?"

"넌 동정심이 너무 많아, 프레디." 징크스가 말했다. "그게 너의 좋은 점이긴 하지만 너의 동정심을 이런 시궁쥐들한테까지 낭비하지 마. 평소에 행동을 잘했다면 누가 쟤네들을 사냥하겠니? 그리고 어쨌거나 모든 동물이 행동을 잘한다면 누가 탐정이 되려고 하겠니? 네가 찾아낼 만한 범죄는 어디에도 없었을 거야."

"그렇기는 해." 프레디가 한숨을 쉬었다. "아마 난 탐정이 될 수 없었겠지, 징크스. 난 아무래도 범인을 잡게 되면 불쌍해서 그냥 놓아주게 될 것 같아."

"허, 그런 바보 같은 일이 어디 있니? 나도 그 시궁쥐들이 불쌍하기는 해. 그래, 나도 그렇다고! 그런데 그들이 기차를 제자리에 갖다 놓고 오늘밤 안으로 헛간을 떠날 것 같니?"

"아니, 안 그럴걸." 프레디가 대답했다. "그들은 뭔가 숨기고 있어. 사이먼이 제크의 말을 막는 걸 봤지? 너무 많은 걸 말할까 봐 염려하는 눈치였어. 뭔가 시작하려고 하는 게 틀림없어. 그들은 곧바로 실행에 옮길 거야. 내 추측이 틀릴지도 모르지만. 어때? 오늘밤에 헛간을 지켜보기로 하는 게?"

"물론, 나도 너랑 같이 행동할 거야."

"그래, 그럼 우리 함께 그들을 지켜보도록 하자. 너도 알겠지만 탐정 일이란 범인이 잡히기 전까지는 끝나지 않아. 범인을 감옥에 넣어야 끝이 나. 난 지금 집에 가서 이 사건을 다시 생각해 봐야겠어. 그럼 한크의 마구간에서 여덟 시에 보자."

그렇게 말하고는 프레디는 총총걸음으로 걸어갔다. 가끔 멈춰서서 골똘하게 땅을 주의 깊게 살펴보기도 하면서. 그런 프레디의 모습은 마치 중요한 단서를 찾는 것처럼 보였다.

탐정 프레디

# 3
# 무장한 기차

프레디가 헛간에 있는 한크의 마구간으로 몰래 소리 없이 들어갔을 때 천둥 소리가 들렸다. 서쪽 하늘에서 순간순간 번쩍거리는 번개 불빛 때문에 과수원 나무들이 환하게 드러났다 사라졌다.

"어이." 한크가 속삭였다. "징크스는 건초 더미를 돌아보러 갔어. 곧 비가 쏟아질 것 같아. 빈 아저씨가 좋아할 거야. 오랫동안 비가 안 와서 모든 게 다 말라 버릴 것 같았잖아. 하지만 이틀 동안 폭풍우가 몰아칠 거야. 폭풍우가 오면 내 뒷다리가 아주 뻐근해지거든. 오늘 하루 얼마나 고생스럽던지."

"쉿!" 프레디가 한크에게 작은 목소리로 속삭였다. "얘기하지 마. 시궁쥐들이 들어."

한크는 숨소리를 죽여 가면서 툴툴거리다가 조용히 했다. 프레디는 선반에서 건초를 끌어내릴 때 나는 소리와 비슷한 바스락거리는 소리를 들었고, 뒤이어 편안하고 느리게 우적우적 씹는 소리를 들었다. 번개의 번쩍거림이 계속 이어져 열려 있는 출입구 광장을 밝혀 주었고, 천둥 소리는 바람 한 점 없는 공기를 뒤흔들고 있었다. 그런데 갑자기 뭔가가 프레디의 어깨를 스치고 지나갔고, 프레디는 깜짝 놀라 뛰어오르며 꽥꽥거렸다.

"조용히 해, 이 멍청아!" 징크스의 속삭임이 들려왔다. "나라고, 나!"

프레디는 너무 부끄러워서 할 말을 찾지 못했다. 친구가 좀 건드렸다고 깜짝 놀라 펄쩍 뛰어오르는 탐정을 셜록 홈즈는 어떻게 생각할까?

"긁어 대는 소리가 들리는 것 같았거든." 프레디는 징크스에게 투덜거렸다. "근데 아무것도 찾지 못했어. 우리 여기서 좀 기다려 보자."

프레디는 건초 더미에서 시궁쥐들을 찾는다면 어떻게 하는 게 좋을지 생각했다. 돼지들은 원래 용감하다. 그들은 빈터에서 싸우기를 좋아하는데 여기는 아주 깜깜한데다 건초 더미에 자꾸 빠져서 버둥거리는 중이었다. 그랬다. 프레디에게는 이런 상황이 아이디어를 떠올리는 데 방해가 되었다.

프레디는 징크스와 자신이 제일 궁금해하는 건 시궁쥐들이 여기까지 오게 된 이유와, 기차를 어디에다 숨겨 두었느냐 하는 것이라는 걸 생각했다. 오늘밤에 싸움은 일어나지 않을 것이다.

폭풍우가 가까워지고 있었다. 출입구에서 차가운 공기가 휙 몰아치면서 프레디의 눈에 왕겨가 들어갔다. 곧 천둥이 쳤고, 그 순간 집의 창문 쪽에서 무언가를 내려놓을 때 나는 쿵 소리가 들려왔다. 그 다음엔 날카로운 우르르 소리와 함께 천

둥 소리보다 크고, 가까이서 퉁탕거리는 소리가 들렸다. 헛간의 양철 지붕 위로 비가 쏟아지기 시작한 것이다.

징크스가 프레디의 귀에 입을 가까이 가져갔다.

"이젠 우리 소리를 듣지 못할 거야. 그러니 위로 올라가 보자. 어떤 일이 일어난다면 저 위에서 생길 거야. 저 위에 커다란 먹이 상자가 있거든. 귀리가 있는 곳을 찾아갈 거라고. 그런 다음에……."

말을 마친 징크스가 프레디의 등을 장난 삼아 탁 때렸다.

그런데 그들이 계단 꼭대기에 다다랐을 때 갑자기 비가 멈췄다. 그 순간 조용해지면서 뭔가 의심이 가는 덜거덕 소리가 들렸다. 그건 마치 누군가가 마루를 가로질러 빈 깡통을 끌고 가는 소리 같았다.

멀리서 번쩍거리는 번개가 다시 다락을 어슴프레 비추었을 때, 프레디는 이상한 물체를 보고 등줄기가 서늘해졌다. 키가 작고 긴 물체 하나가 건초 더미를 지나 먹이 상자를 향해 느리게 전진하고 있었다.

그게 동물이었다면 프레디가 본 것 가운데 가장 이상한 동물이라고 해야 할 것이다. 그것은 대략 길이가 120센티미터, 키가 13센티미터 정도 되어 보였다. 마치 뱀처럼 미끄러지며 움직였고, 움직일 때마다 덜거덕 삐거덕 소리를 냈다. 그 소리들로 미루어 안에는 기계 부품들이 가득 차 있는 것 같았다.

"난 가 볼래."

프레디는 용감하게 말했지만, 층계를 앞에 두고는 뒤로 물러섰다. 그 순간 번개가 가까에서 치는 바람에 그 이상한 동물의 형체가 드러났다. 바로 기차였다.

경찰조차도 나서기 싫어할 만큼 대단한 폭풍과 천둥이 지나가는 동안 장난감 기차는 빈 다락에서 혼자 움직이고 있었다. 프레디는 두려웠지만, 진짜 탐정처럼 겁에 질려 있기보다는 호기심을 가지고 이유를 따져 보았다. 천둥 소리 때문에 아무것도 들을 수 없었고, 주위는 다시 한동안 깜깜해졌다.
그런 다음 바로 또 번개가 쳐서 환해졌을 때 기차는 어둠속으
로 사라지고 없었다. 징크스가 화가 나서 펄쩍 뛰었다.

프레디는 기다렸다. 천둥 소리가 사라질 때쯤, 그는 마루의
중간쯤에서 나는 탕탕 소리와 덜거덕 소리를 들을 수 있었고,
그 다음에는 다락에서 시궁쥐들이 깩깩거리며 웃어 대는 소
리를 들었다.

"헤헤헤!" 시궁쥐들이 낄낄거렸다. "영리한 고양이 징크스!
징크스는 우리를 잡지 못한다네!"

바깥에서는 번개가 춤을 추고 있었다. 프레디는 고양이와
기차의 이상한 싸움을 한동안 바라보고만 있었다. 징크스가
기차에 뛰어들어 차고 흔들고 앞발로 갈기고 두들겨 댔지만,
기차는 여전히 덜컹거리면서 먹이 상자로 가고 있었다. 그걸
보고 있던 쥐들은 환호와 야유를 보냈다. 다시 헛간이 어두워
지자 징크스는 포기하고 프레디 곁으로 뛰어와 버렸다.

"내려가자." 징크스가 헐떡거리며 말했다. "아무런 소용이 없어. 다른 방법으로 해 봐야겠어."

한크의 마구간으로 돌아온 징크스는 쉬려고 마루에서 다리를 쭉 펴고 앉았다. 이윽고 프레디가 말했다.

"징크스, 나도 너를 돕고 싶었는데 네가 하려는 게 뭔지, 또 그게 뭐였는지 알 수 없어서 도와줄 수가 없었어. 그리고 솔직히 말해 기차가 혼자 움직이는 걸 보니까 좀 무섭더라고."

"나도 처음에는 겁이 났었어. 내 눈은 어두운 곳에서도 잘 보이는 거 알지? 난 객차 안에 뭐가 들어 있는지 봤어."

"객차 안에? 그럼……." 프레디의 머리에 뭔가 번쩍 떠오르는 게 있었다. "시궁쥐?"

그는 모든 걸 알았다. 네 개의 객차에는 바퀴가 달려 있었고, 시궁쥐가 들어가기에 딱 좋은 크기였다. 시궁쥐에게 객차는 들어가기도 쉬운데다 거북이의 딱딱한 등껍질처럼 안전한 곳이었다.

"물론이야. 이게 뭘 말하는지 알겠지? 시궁쥐들은 쥐구멍에서 먹이 상자까지 갔다가 돌아갈 수 있다는 거야. 난 그들을 멈추게 할 수 없어. 물론 빈 아저씨가 바닥에 떨어져 있는 낟알을 깨끗이 쓸어 버리고 먹이 상자 곁에 난 쥐구멍을 막아 버린다면 시궁쥐들에게는 그 일이 어려워지겠지. 그렇게 되면 그들은 그들의 무장 기차에서 나와야만 할 테니까. 하지만 난 빈 아저씨가 이 일을 알지 않기를 바래. 기차에 관해 그 어떤 것도 알아서는 안 돼. 너도 알겠지만 그렇게 되면 아저씨가 날 쓸모없는 놈이라고 생각할 거야."

"그러면 우린 뭘 할 수 있지?" 프레디가 물었다.

"넌 탐정이지, 그렇지?" 징크스가 안달이 나서 물었다. "넌 이 사건을 맡은 뒤에 한 일이 참 많아. 인정한다고. 넌 누가 기차를 훔쳤는지도 알아냈잖아. 넌 내가 널 방해한다고 생각하면 안 돼. 난 지금 이 모든 일에 화가 나. 이번 일은 네가 탐정으로서 인정받는 기회가 될 거야. 너도 나만큼 많이 관련되어 있어."

프레디는 그날 밤 잠을 제대로 자지 못했다. 징크스가 왜 그렇게 말하는지 알고 있었다. 셜록 홈즈라면 며칠 만에 시궁쥐 일당을 감옥에 잡아넣었을 것이다. 하지만 프레디에게는 그런 방도가 떠오르지 않았다.

다음 날 아침, 프레디는 일찍 일어나서 셜록 홈즈의 이야기를 읽었다. 하지만 책 속의 사건들은 모두 그의 사건과 너무 달라서 아무 도움도 주지 못했다.

프레디는 헛간으로 내려갔다.

"시궁쥐들이 위에 있어." 한크가 말했다. "낮이 되기 전까지 열심히 하고 있어."

정말 그랬다. 프레디는 시궁쥐 승무원들이 움직이고 있는 기차가 덜거덕거리면서 지나가는 소리를 들을 수 있었다.

프레디는 조심스럽게 위로 올라갔다. 먹이 상자에서 이동하고 있는 것이 보였다. 기차를 밀기 위해 시궁쥐의 발이 움직이고 있었다. 기차의 급탄칸(석탄 넣는 칸)을 보니 노란 귀리가 가득 차 있었다.

"내가 할 수 있는 게 하나는 있겠군."

프레디는 자기 자신에게 말했다. 그는 바로 기차를 향해 뛰어들어 급탄칸을 발로 차 마루 바닥에 낟알이 흩어지게 했다. 근데 이게 웬일인가? 시궁쥐들은 웃기만 했다.

"푸하하, 프레디!" 그들은 프레디를 조롱했다. "다음번에는 더 많이 싣고 갈 거야. 우리가 어떻게 일하는지 알고 싶지, 이 멍청한 돼지야? 우리 중 넷은 가서 우리가 집을 수 있는 만큼을 모두 먹어 버려. 그리고 나머지 네 명은 다음번에 가서 또 집을 수 있는 만큼 먹어 버리는 거지. 그 다음에는 또 다른 네 명이 가서……."

프레디는 너무 화가 나서 미칠 것 같았다. 자존심이 강한 돼지에게 시궁쥐의 웃음거리가 되는 것보다 더 참을 수 없는

　　　　탐정 프레디

일은 없었다. 프레디는 기차에 뛰어들어 주둥이를 기차 밑으로 넣어서 기차를 공중에 날려 버리려고 했다. 하지만 너무 낮았다. 용케 시궁쥐 쪽으로 두 개의 객차를 밀기는 했지만 그동안 시궁쥐들은 객차에서 프레디를 걷어찰 준비를 하고 있었다. 프레디는 시궁쥐들을 물려고 했지만 객차 바퀴에 부딪혀 앞니만 부러지고 말았다. 더구나 프레디가 항복하기도 전에 시궁쥐 한 마리가 그의 귀를 아프게 물어 버렸다.

프레디가 아래층으로 내려가는 동안 일생에 단 한 번도 들어 본 적 없는 심한 말들이 들려오고 있었다. 프레디는 그만 기가 죽어 버렸다.

# 4

# 에그버트 실종 사건

　실패는 프레디의 마음에 커다란 상처를 입혔다. 시궁쥐들은 이 소식을 멀리까지 퍼뜨렸다. 프레디는 사건이 어떻게 되어 가고 있는지, 기차를 되찾을 수 있을지 묻는 동물들과도 만나지 않았고, 돼지우리 밖으로 나가지도 않았다.

　프레디가 징크스에게 말했다.

　"동물들은 모두 인정 많고 착하지만 사이면 가족을 좋아하는 동물은 아무도 없어. 이 사건을 빠른 시간 안에 해결하지 못한다면 난 앞으로 절대 사건을 맡지 못하게 될 거야. 지금 생각으로는 아무래도 좀 시간이 필요할 것 같아."

　징크스가 대답했다.

　"그래, 빈 아저씨가 이 일을 알게 되면 나도 일터에서 쫓겨나게 될 거야. 우린 뭔가 해야 한다고. 그것도 지금 바로 말야. 너도 시궁쥐들이 너에 관한 노래를 만들어 부르는 걸 들었지?"

프레디는 화가 나서 툴툴거렸다. 그랬다. 프레디는 그 노래를 들은 적이 있었다. 프레디가 헛간 가까이 갈 때마다 시궁쥐들은 그 노래를 소리 높여 불러 댔다. 그리고 쥐구멍에서 먹이 상자까지 기차로 왔다갔다할 때도 행진곡으로 사용하곤 했다.

프레디, 탐정 나으리
그는 이가 부러졌다네
그는 멍청한 돌대가리, 그게 사실이라네.

돼지 프레디
그는 큰 소리로 말한다네
하지만 그 소리는 꿀꺽꿀꺽거리며 먹고 마셔 대는 데나 어울린다네.

뚱뚱이 프레디
그는 절대 알지 못하네
한 마리의 시궁쥐가 마흔아홉 마리의 돼지를 상대할 수 있다는걸.

이 곡에는 더 많은 가사가 있었다. 노래가 잘 만들어진 것은 아니었지만 프레디를 지독히 괴롭히기에 충분했다. 그리고 그건 시궁쥐들이 원하는 바였다. 누구나 아침, 점심, 저녁으로 그런 노래를 소리 높여 불러 대는 걸 듣는다면 괴로워 미칠 것이다.

징크스가 물었다.

"이번 일은 네게 달렸어, 프레디. 내가 할 만한 일은 그리 많지 않다고. 하지만 헛간 주위를 돌다가 사이먼이 기차에 타고 있지 않을 때 사이먼을 공격할 수는 있지. 넌 아무런 아이디어도 없는 거니?"

"물론 아이디어는 있지." 프레디가 대답했다. "항상 아이디어를 생각하는 데 매달려 있어. 탐정들이 어떻게 일하는지 알고 있지? 준비하고 있는 걸 말하면 좋지 않거든. 모든 게 다 만족스럽게 진행되고 있어. 내가 기대했던 것보다 더디기는 하지만 말야. 하지만 반드시 내가 기대하는 것만큼 진전이 있을 거야."

"흥! 내가 너에게 기대한 건 이 정도의 진전이 아니라고."

징크스는 약간 투덜댔지만 목소리는 작았다. 혹시 프레디가 진짜 좋은 아이디어를 갖고 있지 않을까 해서였다. 프레디는 정말로 영리한 돼지이기 때문이다. 그를 화나게 해서 좋을 건 아무것도 없었다. 정말이지 징크스는 프레디의 도움이 매우 필요했다.

사실 프레디에게는 아이디어가 전혀 없었다. 힘을 사용하는 것은 별로 좋은 아이디어가 되지 못했다. 이미 시도해서 보기좋게 실패하지 않았는가 말이다. 힘을 써서 얻은 거라곤 부러진 앞니, 그 때문에 프레디가 웃을 때마다 가족들이 함께 웃느라 정신이 없다는 것뿐이었다. 하긴, 탐정들도 아주 가끔씩이긴 하지만 힘을 사용하기도 한다. 바로 교활한 놈을 만났을 때다.

프레디는 서재로 돌아갔다. 마음을 가라앉히고는 책에 나오는 교활한 놈들과 시궁쥐들을 비교해 보았다. 그리고 여느 때처럼 조용하게 누워 금방 잠이 들었다.

얼마를 잤을까. 프레디는 누군가가 문을 두드리는 소리에 잠을 깼다.

"들어와."

프레디가 잠결에 말했다. 하얀 코와 두 개의 하얀 귀를 가진 누군가가 문을 열고 나타났다. 프레디는 벌떡 일어났다.

"이런, 위닉 부인이시군요." 프레디는 나이 많은 토끼 아주머니를 방으로 모셨다. "만나뵌 지 오랜만이죠? 무얼 도와드릴까요?"

위닉 부인은 숲 자락에 살고 있는 토끼로, 젊은 시절의 그녀는 누구나 만나보고 싶어 할 만큼 아주 예뻤다. 하지만 남편을 잃은 뒤로는 모든 시간과 힘을 대가족을 보살피는 데만 쏟고 살아야 했다. 그래서 그녀는 다른 동물들과 이웃 간의 즐거운 사교 생활도 할 수 없었다. 동물들은 그녀를 아주 가끔씩 보았지만 모두들 잘 대해 주었다. 또 몇몇은 항상 신선한 상춧잎이나 당근을 몇 개씩 갖다 주곤 했다. 그들 가족이 늘 배고파한다는 걸 알았기 때문이었다.

"오, 프레디 씨." 그녀가 갑자기 울먹이며 말했다. "에그버트 그애가 사라졌어요. 무엇 때문에 이런 일이 생겼는지 모르겠어요. 그렇게 착한 아이는 세상에 없을 거예요. 착하고, 남을 돕기를 좋아하고, 동생들도 잘 돌보고 말이에요. 다른 애

들은 그저 하루 종일 노는 데 비해 에그버트는……."

위닉 부인은 울기 시작했다. 프레디는 그녀의 눈물에 감정이 많이 휩쓸리지는 않았다. 대부분의 동물들은 울기를 싫어한다. 왜냐하면 울고 나면 눈이 빨개지기 때문이다. 하지만 흰 토끼는 언제나 빨간 눈을 하고 있기 때문에 울어도 별다르게 보이지 않았다. 예민하고 상냥하며 작은 동물인 토끼는 화도 잘 내고 울기도 많이 운다.

"이리 오세요, 이리 오셔서," 프레디가 씩씩하게 말했다.

"자, 모든 걸 얘기해 보세요. 우리가 무얼 할 수 있을지 찾을 수 있을 거예요. 아마 생각하시는 것만큼 나쁜 상황은 아닐 거예요. 에그버트 찾는 걸 도와달라는 말씀이시죠?"

그녀는 눈물을 흘리며 고개를 끄덕였다.

"그럼, 사건을 좀 살펴보자고요. 에그버트는 여덟째죠? 아홉째던가요?"

"열두 번째예요." 위닉 부인이 말했다. "그리고 항상 착한……"

"네." 프레디가 재빨리 말을 막고 말했다. "그럼, 아드님을 마지막으로 본 게 언제죠?"

꽤 많은 질문을 한 뒤에 프레디는 위닉 부인의 이야기를 정리했다.

어젯밤 에그버트는 물냉이를 캐 오겠다며 몇 명의 어린애들을 데리고 숲을 가로질러 냇가로 갔다. 아홉 시에 다른 어린애들은 다 돌아왔지만 에그버트는 없었다. 어린애들은 물냉이는 찾지도 못했고, 에그버트가 냇가를 따라 좀 더 내려가면 물냉이가 있는 곳을 찾을 수 있다고 말했다는 것이다. 하지만 어린애들은 잠을 자야 할 시간이었고, 엄마가 걱정할까 봐 집에 돌아와야 했다. 위닉 부인은 애들을 재우고 나서 얼마 지나지 않아 잠이 들었다. 하지만 아침이 되었는데도 에그버트의 침대는 비어 있었다. 집에 들어오지 않은 것이었다. 그 뒤로 에그버트를 본 적도, 소식도 듣지 못했다.

프레디는 흐느끼는 위닉 부인을 최선을 다해 위로했다.

"이 사건을 바로 맡을게요. 걱정 마세요. 에그버트를 찾아서 부인께 돌려보내겠습니다. 근데, 누가 제게 부인을 보냈죠?"

"애들이에요. 애들이 당신이 탐정이 되려고 한다는 소리를 들었대요. 애들은 나에게 당신을 만나 보라고 했어요. 저, 믿음이 가지 않는 건 아니지만……, 이런, 실례했어요. 하지만 이 일을 아주 오랫동안 한 건 아니죠? 제 말이 맞지요?"

"네, 시작한 지 오래된 건 아닙니다. 하지만 처음이 있어야 나중도 있는 법이죠. 안 그런가요? 명탐정 셜록 홈즈에게도 첫 번째 사건은 있었어요. 그러니 걱정하지 마세요, 부인. 이 사건에 대해 낱낱이 조사를 할 겁니다. 이 나라에 저보다 탐정 일에 관해 많이 아는 동물은 없을 겁니다. 왜냐고요? 전 탐정 일에 관한 책을 모두 읽었거든요."

위닉 부인은 안심한 듯했다. 집으로 돌아가는 길에 부인은 깡충깡충 서너 번 뛰다가는 멈춰서 눈물을 훌쩍이며 코를 풀곤 했다.

프레디는 조금도 머뭇거리지 않고 냇가로 가서 에그버트가 어린 동생들과 함께 갔던 물냉이밭을 찾아냈다. 그런 다음에 실종된 토끼의 흔적을 찾기 위해 샅샅이 살피며 천천히 냇가 아래쪽으로 내려갔다.

상록수 잎을 갉아먹은 흔적이 있었고, 모래밭에 토끼 발자국이 나 있었다. 프레디는 이것으로 에그버트의 흔적을 제대로 쫓고 있다는 걸 알았다. 시냇물이 강으로 합쳐지기 위해 오른쪽으로 굽어져 넓어지는 곳에서 냉이밭을 찾아냈다. 질 퍽질퍽한 물가에는 토끼 발자국이 많이 나 있었다.

프레디는 이 사건을 맡고 굉장히 들떴다. 에버렛의 기차를 찾지는 못했지만 위닉 부인이 자신을 방문한 것이 많은 응원이 되었다. 하지만 새로운 문제에 맞닥뜨린 것이기도 했다. 왜냐하면 이 사건을 꼭 해결해서 친구들에게 자신이 결국에는 탐정이 되었다는 걸 증명해야 했기 때문이었다. 근데 지금이 사건은 다른 사건만큼이나 좋지 않아 보였다. 프레디는 무엇을 해야 할까? 이건 에그버트의 발자국이 맞는 것 같지만 발자국들이 무슨 도움이 될는지. 에그버트의 뒤를 따라갈 수 있을 만한 단서가 필요했다. 셜록 홈즈 이야기에는 언제나 그런 게 있었다.

"단서 없이는 사건을 풀 수 없어. 셜록 홈즈에게는 단서가 있었지만, 나에게는 단지 많은 발자국들뿐이로군."

프레디는 기분이 우울해져 중얼거렸다. 그리곤 곧 둑에 앉아 생각에 잠겼다.

그는 너무 골똘하게 생각하느라 작은 토끼가 숲에서 나와 냉이밭으로 깡충깡충 뛰어오는 것도 보지 못했다. 토끼는 냉이 줄기를 먹고 나서는 다시 나무 사이로 깡충거리면서 뛰어갔다. 프레디가 토끼를 발견하기 전까지 토끼는 몇 번을 이렇게 왔다갔다했다.

　토끼도 프레디를 보지 못한 건 마찬가지였다. 프레디가 갑자기 뛰어나가자 토끼는 숲으로 날쌔게 피했다.

　"이 진흙 바닥에 발자국을 만든 게 너니?" 프레디가 물었다.

　"예, 아저씨." 숲에서 작고 불안한 목소리가 들려왔다. "그럼 안 되나요, 아저씨?"

　"아니야, 괜찮아." 프레디가 말했다. "나오거라. 널 다치게 할 생각은 없단다. 난 너만 한 토끼를 찾고 있는 중이야. 혹시 이 근처에서 그런 애 못 봤니?"

　토끼는 머뭇거리며 깡충 뛰어나와 말했다. "못 봤어요, 아저씨. 근데 그게 누군데요?"

　"얘야," 프레디가 수수께끼를 내듯 말했다. "질문을 할 사람은 나란다. 난 탐정이거든. 넌 씩씩하게 대답만 잘해 주면 된다고, 어린 친구. 이 주변에서 다른 토끼 본 적 없니?"

"아니오."

"네가 여기 왔을 때 진흙 바닥에 다른 발자국은 없었니?"

"아닐걸요. 눈치 채셨겠지만, 전……."

"여기에 있은 지 얼마나 되었니?"

"지난밤부터요. 아시겠지만, 전 여기에 냉이를 먹으려고 왔어요. 그래서 전……."

프레디는 토끼의 말을 끊었다. "됐다." 그리고는 근엄하게 말했다. "제발 내가 묻는 말에만 대답해 주겠니? 다른 말은 하지 말고 말이야. 그냥 '예', '아니오'로만 답해 줘. 자, 이상한 소리 못 들었니?"

"예, 어, 아니요. 아, 제 말은 못 들었다는 뜻이에요." 헷갈리기 시작한 토끼가 말했다.

"그게 무슨 뜻이냐? '예'라고 그랬다가 '아니오'라고 그랬다가?" 프레디가 물었다. "제발 대답만 똑바로 해 줘. 이상한 소리를 들은 적이 있니 없니?"

"아니요. 그러니까 그건……." 토끼가 침을 꿀꺽 삼키고는 말했다. "아니라는 뜻이에요."

"좋아." 프레디가 말했다. "그래 좋아. 바로 그거야. 명확한 질문에 명확한 대답. 흠, 어디 보자."

그러나 그는 다른 질문거리도 없는데다가 지금까지 한 질문으로는 어떤 것도 알아낼 수 없었다.

"음, 넌 여기서 뭘 하고 있었니?"

하지만 토끼는 대답을 하지 않았다.

"빨리 빨리 말해." 프레디가 심하게 다그쳤다. "대답을 해 봐! 넌 뭘 하고……."

그런데 토끼가 갑자기 울어 버렸다.

"아저씨가 '예', '아니오'로만 대답하라고 해 놓고는 '예', '아니오'로 답할 수 없는 질문을 하잖아요. 난 냉이 캐러 왔어요. 그리고 집으로 가려고 했는데 날개를 다친 작은 새를 만나서 여기 같이 있어야 했어요. 우리 엄마가 걱정하고 계실 건 알지만 다친 새를 혼자 놔둘 수는 없었거든요. 그리고 지금 내게 너무 많은 질문을 하시는데요, 뭐라고 말해야 할지 모르겠어요. 그리고……."

여기까지 말하고는 그대로 주저앉아 펑펑 울어 댔고, 그 때문에 딸꾹질을 시작했다.

프레디는 원래 마음이 따뜻한 동물이었지만 탐정 말투로 질문하는 재미에 푹 빠져서 자신이 어린 토끼에게 겁을 주고 있다는 사실을 알지 못했다. 그래서 이 작고 불쌍한 토끼가 자기에게 필요한 정보를 줄 수 없게 만들어 버렸다.

프레디는 자신이 생각했던 것보다 더 진짜 탐정처럼 느껴졌다. 만일 어떤 탐정이 근엄한 목소리로 "당신 이름은 무엇입니까?" 같은 간단한 질문을 한다면 상대방은 겁에 질려 자신의 이름이 있었는지 없었는지조차도 기억할 수 없다고 할 것이다.

"애야, 애야," 프레디가 토끼의 등을 토닥거리며 말했다, "너를 겁나게 했다면 미안하구나. 괜찮아. 그 새는 어디 있니?"

"저 나무 뒤에 움푹 패인 곳 위에 있어요." 작은 토끼는 딸꾹질을 하며 말했다.

"그래, 알았다." 프레디가 말했다. "내가 그 새를 대신 돌볼 테니까 넌 어서 집으로 가거라. 좀 전에 얘기했던 그 토끼를 찾아야 하지만 먼저 이 새를 돌봐줘야겠구나. 빨리 돌아가서 어머니가 걱정하지 않으시도록 하거라."

토끼는 곧 총총걸음으로 뛰어갔는데, 가는 내내 울먹이면서 딸꾹질을 했다.

토끼 대신 새를 찾아 나선 프레디는 금방 찾았다. 그 새는 깃털이 겨우 난 새끼 개똥지빠귀로, 너무 어려서 말도 할 수 없었다. 새 옆에는 조그만 물냉이 더미가 있었다. 토끼가 먹이려고 애쓴 게 틀림없었다.

"쯧쯧." 프레디가 말했다. "이런 어린애한테 물냉이 같은 걸 먹이려고 하다니. 아마 토하려 들걸. 그리고 여기에 숨겨 놓으면 이 애 엄마가 찾을 가능성이 없지. 저 토끼는 착하긴 해도 영리하진 못한 것 같아."

그는 입으로 개똥지빠귀 새끼를 들어올려 자리를 옮겼다. 처음에는 넓게 트인 곳으로 나왔다가 다시 숲으로 돌아가 앉았다. 거기 있은 지 오 분이나 되었을까? 날갯짓 소리가 나더니 어미 개똥지빠귀가 배고픈 새끼 옆으로 날아와 앉아서는 쩍쩍거리며 새끼를 위로했다. 프레디는 어미 새가 감사의 말을 할 틈도 주지 않고 빠져나와 버렸다.

"이제, 에그버트 사건에 매달려야지." 프레디는 혼자 중얼거렸다. "내가 어떻게 그애를 찾아야 할지 모르지만 말야. 하지만 이 사건을 해결하지 못하면 농장 마당에서 다시는 얼굴을 들고 다닐 수 없을 거야. 탐정이 되지 말았어야 했어. 그럼 얼마나 좋았을까!"

그는 냇가를 따라 좀 더 내려가 보기로 했다. 적어도 다른 쪽 냇가에 서 있는 황폐한 오두막인 은둔자의 집까지만이라도 내려가 보자고 마음먹었다. 다른쪽 냇가에 사는 동물들은 실종된 토끼를 본 적이 있을 것 같았다.

하지만 뭔가가 그에게서 에그버트에 관한 생각을 모두 몰아냈기 때문에 멀리 가지 못하고 멈춰섰다. 은둔자의 집에서 소리가 새어나왔던 것이다. 마구 질러 대는 고함 소리와 거친 웃음 소리, 그리고 가끔씩 총 쏘는 소리도 들려 왔다.

탐정에게 이런 기회가 또 어디 있을까! 프레디는 반대편 둑에 있는 키 작은 숲이 자신을 가려 주기에 충분하다는 걸 알아냈다. 저 숲에 몸을 숨기면 이 외딴 은둔자의 집에 무슨 일이 일어나고 있는지 알아낼 수 있을 것이다. 프레디는 물속으로 들어가서 냇물을 가로질러 집이 보이는 곳으로 조용히 헤엄쳐 갔다. 그리고 다음은 프레디가 본 것들이다.

집 앞에 서 있는 키 큰 나무의 굵은 가지에 두 개의 밧줄과 나무 판자로 엮은 그네가 달려 있었다. 눈까지 모자를 푹 눌러쓰고 코트의 깃을 세운 덩치 큰 사람이 그네를 타고 있었다. 그의 손에는 권총이 들려 있었는데, 그네를 타고 높이 올라갈 때마다 집의 꼭대기를 조준하고 권총을 쏴 댔다. 굴뚝을 맞추려는 것 같았다. 그리고 현관에는 덩치가 작은 사람이 흔

들의자에 앉아 있었다. 그는 얼굴에 까만 마스크를 쓰고 있었지만 다른 남자처럼 모자는 쓰고 있지 않았다. 그는 바쁘게 털목도리를 뜨고 있었다.

곧 덩치 큰 사람이 그네에서 내려와서 소리쳤다.

"이리 와 봐, 루이. 자, 이제 네 차례야!"

그러자 덩치가 작은 사람이 고개를 흔들었다.

"아냐, 레드, 난 이 목도리를 완성해야 해. 내일 저녁엔 목

도리로 따뜻하게 목을 감을 수 있기를 바라지? 계속하지 않
으면 내일 저녁까지 완성하지 못해."

"야, 제발." 레드가 말했다. "몇 발 쏘는 건데 뭘 그래. 날 이
기지 못할까 봐 그러지? 난 일곱 발 중에서 두 발 맞혔다."

덩치가 작은 사람은 내키지 않은 듯했지만 일어났다.

"그래, 알았어. 하지만 나하고 약속해야 해. 좀 더 조심하겠
다고 말야. 넌 항상 날 걱정시켜. 마지막으로 우리가 은행을
털었던 때를 기억하지? 비가 오던 날이었는데 넌 비옷도 입
지 않아서 독감에 걸렸잖아."

"그래, 그래, 루이." 레드가 말했다. "조심할게. 그러니까
그네로 와."

"레드, 날 밀어 줄 거지?" 루이가 이렇게 말하고는 코트 주
머니에서 커다란 권총을 꺼내 들었다. 루이가 그네에 앉자 레
드가 그네를 밀기 시작했다. 레드가 밑에서 뛰어가며 그네를
밀 때마다 그네는 더욱 높이 올라갔다. 마침내 가장 높은 곳
에 올랐다고 생각되는 순간 루이가 권총을 겨누어 굴뚝의 벽
돌을 맞혔다.

"루이 만세!" 레드가 소리 질렀다. "명중이야! 다시 쏴 봐!"

프레디는 숨어서 그들을 지켜보고 있었는데, 너무나 흥분
해서 숨쉬기조차 힘들었다. 이곳에는 진짜 탐정 일이 있었다.
실수는 있을 수 없었다. 이 사람들은 강도가 틀림없었다. 만
약 이들을 잡는다면 탐정으로서 유명해질 것이 분명했다.

그런데 바로 그때 루이가 나무 꼭대기보다 열 배는 더 높은 곳으로 씽 하고 날아갔다. 그네에 연결되어 있던 밧줄이 끊어져 버린 것이다. 줄에서 손을 떼는 순간 루이는 멋진 곡선을 그리며 로켓처럼 날아가서는 프레디가 숨어 있는 키 작은 나무 위로 떨어졌다.

나무 덕분에 루이는 다치지 않았지만 키 작은 나무는 가지가 다 꺾여 버렸다. 루이는 바로 일어섰다. 그런데 그 순간 몹

시 놀란 돼지와 눈길이 마주쳤다. 프레디는 무슨 일이 일어났는지 알려고 기다리지 않았다. 겁이 나서 꿱꿱거리며 튀어 달아났다.

"돼지다! 빨리, 레드, 알맞게 살진 돼지야!"

루이는 레드에게 소리치고는 프레디를 쫓아갔다. 강도들은 소리를 지르면서 권총을 쏴 댔다. 총알 두세 발이 프레디의 머리 옆으로 휙 스쳐지나갔지만 뛰어난 달리기 선수인 프레디는 곧 그들을 멀리 따돌리는 데 성공했다.

프레디는 한동안 뛰어가다가 너도밤나무 아래에 앉아 쉬었다. 그런데 바로 그때, 프레디는 자기가 어디에 있는지 알지 못한다는 걸 깨달았다. 냇가의 숲은 넓게 펼쳐져 있었다. 하지만 그날따라 구름이 많이 끼어서 햇님도 그에게 방향을 알려 줄 수 없었다.

"가장 좋은 방법은 계속 가는 거야." 프레디가 중얼거렸다. "다람쥐나 어치새를 만나게 되면 내가 어디에 있는지 알 수 있을 거야."

프레디는 걷기 시작했다. 하지만 아무리 걷고 또 걸어도 누구 하나 만날 수 없었고, 냇가의 흔적마저 멀어졌다. 그냥 밤새도록 이곳에서 기다려야겠다고 생각하다가 그는 몇 개의 발자국을 발견했다.

"흠, 누군가 얼마 전에 여길 지나갔군. 돼지 발자국으로 보이는데. 이런 숲에 돼지가 나 말고 또 있다니. 내가 따라잡을 수 있는지 한번 봐야겠군."

그래서 프레디는 다른 돼지가 앉아 쉬던 곳에 도착할 때까지 발자국을 따라갔다. 너도밤나무 아래 흙에 말린 꼬리의 흔적이 있었다. 프레디는 앉아서 그곳이 낯익다는 걸 갑자기 깨달았다. 이 너도밤나무, 저 키 작은 나무들…….

"왜 몰랐지? 여긴 내가 오래 전에 쉬었던 자리잖아. 맙소사, 내가 따라온 발자국이 내 것이었네!"

사정이 이렇게 되자 그는 자신이 정말 멍청하다고 느꼈다.

세상에 자신을 미행하는 탐정보다 더 멍청한 탐정은 없을 것이다. 그는 자신의 발자국을 따라 되돌아가야 한다는 걸 알게 되었고, 덕분에 은둔자의 집까지 되돌아올 수 있었다. 그때 근처에서 사람의 목소리가 들려왔다. 하지만 이번에는 강도들이 무얼 하고 있는지 보이지 않았다. 프레디는 그 집을 되도록 멀리 두고서 헤엄을 쳐 냇가를 건넜다. 그리고 몇 분을 더 가서야 익숙한 곳으로 돌아올 수 있었다.

"아무래도 위닉 부인에게는 에그버트에 관해 들은 게 없다고 말씀드려야겠군."

프레디는 혼잣말을 하고는 위닉 부인의 집으로 방향을 돌렸다. 그가 도착했을 때 대여섯 명의 작은 토끼들이 숲 자락에서 놀고 있었다.

작은 토끼 하나가 굴 안을 향해 소리를 질렀다.

"엄마! 프레디 씨가 왔어요!"

위닉 부인의 머리가 굴에서 쏙 나왔다. 근데 이게 웬일인가? 위닉 부인은 행복에 겨워 있었다. 그녀가 외쳤다.

"오, 프레디 씨! 어떻게 감사를 드려야 할지 모르겠어요. 나를 위해 내 아들 에그버트를 찾아 주시다니!"

"하지만," 당황한 프레디는 말을 더듬거렸다. "전 그 일을……"

그리고 프레디는 말을 멈췄다. 그를 둘러싼 작은 토끼들 가운데 한 마리가 존경과 경의를 표하는 눈빛으로 딸꾹질을 하면서 공손하게 말했다. "실례합니다."

프레디는 모든 걸 알게 되었다. 당연히! 그 토끼는 숲에서 만났던 바로 그 토끼, 언제나 에그버트였던 바로 에그버트였다!

프레디는 마음을 가다듬고 말했다.

"오, 제게 고마워하지 마세요, 위닉 부인. 고마워하지 마시라니까요." 그리고는 좀 당당해져서 말을 이었다. "아무것도 아니에요, 진짜 아무것도 아니라고요. 실은 제가 더 고마워요. 이 길로 인도해 주셔서 말이죠. 전 이 일로 인해 몇 가지 매우 중요한 점을 알게 되었거든요. 어쨌거나 저도 에그버트가 집으로 무사하게 돌아와서 기쁩니다. 좋아요, 아주 좋아요. 정말 잘되었어요. 그럼 이만 안녕히 계세요."

프레디는 집으로 발길을 돌렸다.

"그래." 프레디는 혼잣말을 했다. "난 알고 보니 그렇게 못난 탐정은 아니었어. 잃어버린 아이를 엄마에게 돌려주고 강도 일당을 발견했잖아. 그것도 하루 만에 말야! 허허, 셜록 홈즈도 이렇게는 못했을걸. 자 이제는 그 시궁쥐 놈들, 너희들 차례다!"

# 5
# 프리니의 저녁밥 사건

에그버트 사건 이후 프레디는 몇 주간을 매우 바쁘게 보냈
다. 위닉 부인이 자신의 친구들에게 프레디가 얼마나 빨리 에
그버트를 찾아주었는지에 관해 소문을 내고 다녔고, 그녀의
친구들은 또 다른 동물들에게 소문을 냈다.

모두들 프레디를 칭찬했다. 처음에는 프레디도 설명하려고
애썼다. 프레디 자신은 뭘 했는지 진짜 모르며, 그가 집으로
돌려보낸 토끼가 에그버트라는 사실도 몰랐다고 했다. 하지
만 모두들 "오, 당신이 그렇게 말하는 건 당신이 너무 겸손하
기 때문이에요"라고 하면서 오히려 전보다 더 많이 칭찬을
했다.

그 뒤로, 동물들은 그에게 탐정 일을 많이 맡겼다. 대부분은 간단한 사건들로, 에그버트 사건처럼 어린 동물들의 가출이나 실종 사건이 많았다. 하지만 그 가운데 몇몇은 꽤 중요한 사건이었다.

예를 들면, 프리니의 저녁밥 사건은 정말 이상한 사건이었다. 프리니는 농장에서 1.6킬로미터 정도 떨어진 곳에 있는 매리 맥니클 양의 작은 집에 살고 있는, 양털처럼 하얀 털을 가진 개였다. 프리니는 자신의 이름을 매우 부끄러워하는 아주 착한 개였다. 원래 이름은 '멋진 프린스'였는데 맥니클 양은 짧게 프리니라고 불렀다.

이제 프리니의 저녁밥 얘기로 돌아가자. 프리니의 저녁밥은 언제나 뒤편 현관에 있는 커다란 흰색 밥그릇에 담겨져 있었다. 저녁밥이 놓이면 프리니는 대개는 바로 저녁을 먹었다. 모든 것이 잘 돌아가고 있었다. 그런데 어느 날 맥니클 양이 프리니가 집에 없을 때 저녁밥을 미리 놓아두었는데 프리니가 한두 시간 지나서 집에 돌아와 보니 밥그릇이 비어 있는 것이었다.

프리니가 프레디에게 말했다.

"참 이상해. 이 근처에는 동물들의 발자국 흔적이 없거든. 네가 이 사건을 해결해 주었으면 좋겠어."

그래서 프레디는 그 사건을 맡게 되었다. 프레디는 먼저 밀가루를 가져다가 현관 주변에 뿌려 놓았다. 하지만 나중에 프레디와 프리니가 돌아왔을 때 음식은 밥그릇에서 사라졌지만 발자국은 나아 있지 않았다. 그 뒤 이틀간 프레디는 오후마다 뒤편 울타리 뒤에 숨어서 밥그릇을 지켜보았다. 하지만 며칠 동안은 아무도 밥그릇에 손을 대지 않았다.

"누구 짚이는 동물이라도 없어?"

프리니는 걱정스럽게 물었다. 작고 불쌍한 이 개는 저녁밥을 먹지 못해 꽤 말라 있었다.

"응, 범인의 범위가 좁아지고 있어, 좁아지고 있다고. 하루나 이틀 정도 시간을 더 줘. 그놈을 잡을 수 있을 거야."

프레디는 이번에는 현명해 보이려 하거나 그런 척하는 게 아니었다. 진짜 아이디어가 떠올랐다.

다음 날 해뜨기 전에 프레디는 맥니클 양의 집으로 내려왔다. 프레디는 헛간에 살고 있는 생쥐 이니와 퀵을 데리고 가서 뒤편 현관 밑에 함께 숨었다. 이니와 퀵은 프레디가 자신들에게 도와달라고 부탁한 것이 매우 자랑스러웠다. 그래서 오랜 시간 동안 기다리는 것도 개의치 않고, 스무고개 놀이와 수수께끼 놀이를 하면서 저녁이 될 때까지 기다렸다.

마침내 늦은 오후가 되어 맥니클 양이 현관으로 나와 프리니의 밥그릇에 밥을 놓아두고 가는 소리가 들렸다.

"쉿!" 프레디가 말했다. "난 프리니에게 깜깜해질 때까지 농장에 있으라고 했으니까 도둑들은 여기에 아무도 없다고 생각할 거야."

그들은 30여 분을 더 기다렸다. 그러자 아무런 예고도 없고 조심스러운 발소리도 나지 않는 가운데 덜거덕거리는 소리가 들려왔다. 마치 밥그릇을 막대기로 두드리는 소리 같았다. 이니와 퀵은 놀라서 프레디를 바라보았다. 하지만 프레디는 생쥐들에게 안심하라는 듯 윙크를 했다.

"저기에 있다." 프레디가 말했다. "내가 부를 때까지 너희들은 여기에 있어."

그리고는 현관 밑을 나와 재빨리 기어갔다.

까마귀 세 마리가 커다란 밥그릇의 모서리에 앉아서 프리니의 저녁밥을 재빨리, 게걸스럽게 먹어 대고 있었다. 그들은 프레디를 보자 깜짝 놀라 까악까악거리며 나뭇가지로 날아올라가서는 화가 나서 프레디를 노려보았다.

"아하! 현장을 잡았다, 그렇지? 페르디, 난 설마 너일 줄은 몰랐어. 넌 어떻게 가엾고 불쌍한 작은 개의 저녁밥을 훔쳐

먹니? 주변에 발자국도 없는데다 울타리 뒤에 숨어 있어도 아무 소득이 없기에 난 범인이 하늘을 나는 새일 거라고 생각 했지. 공중에서 넌 날 볼 수 있었을 테니까 말야. 그렇지? 숲 속에 사는 어치새만 도둑질을 잘하는 줄 알았는데 내가 널 여기서 보게 될 줄은 몰랐다, 페르디."

까마귀 중 가장 나이가 많은 페르디난드는 작년에 북극으로 여행을 갈 때 프레디랑 같이 갔던 동료였다.

페르디난드가 프레디에게 살짝 웃으며 말했다.

"오우, 넌 증거가 없어, 이 돼지야. 누가 너를 믿겠니? 다들 네가 나를 싫어해서 그러는 거라 생각할걸."

"오, 그러셔?" 프레디가 외쳤다. "난 목격자가 있어, 이 헛똑똑아! 자 나와라, 얘들아."

프레가 부르자, 현관 구석에 있던 두 마리의 생쥐가 뛰어나왔다. 페르디난드는 목격자들을 보자 걱정이 되었다. 그는 현장에서 붙잡혔고, 다른 모든 동물들이 곧 이 사실을 알게 될 것이었다. 동물들은 벌을 주지는 않겠지만 화를 내고 잘못을 나무랄 것이다. 비록 벌을 받지는 않더라도 자신의 죄를 알고 있는 이들과 같이 사는 건 그리 유쾌한 일이 못 된다. 살다 보면, 하지 말았어아 할 일을 했을 때 차라리 벌을 받고 그걸로 끝나는 편이 훨씬 기분 좋은 경우도 종종 있다.

페르디난드는 자신의 체면에 관해서 다시 생각해 보았다. 그는 항상 위엄이 넘치는 까마귀였다. 작은 개의 저녁밥이나 훔쳐먹다가 걸리는 것은 확실히 위엄과는 거리가 멀었다. 그런 생각이 들자 페르디난드는 프레디 곁으로 날아왔다.

"야, 프레디. 그냥 장난이었어. 법정 밖에서 해결할 수 없을까? 네가 아무한테도 얘기하지 않으면 다시는 이런 짓 하지 않을게."

"그래? 하지만 그건 프리니의 맘에 달렸어. 프리니에게는 이게 그리 재미있는 장난일 것 같진 않은데. 하지만 말은 해 볼게. 너희 까마귀 세 마리는 프라니가 돌아오기 전에 사라지는 게 좋을 거야."

"그래, 알았어." 페르디난드가 말했다. "그 정도면 꽤 공정하다. 우릴 위해서 최선을 다해 줘, 프레디. 우린 이만 떠날게."

페르디난드가 막 날아가려고 하는데 다른 까마귀 하나가 말했다.

"잠깐, 기다려 봐. 이 생쥐들은 어떻게 해? 얘들이 말하지 않을 거라는 걸 어떻게 믿어?"

"뭐라고?" 이니가 날카로운 소리로 항의했다. "그렇게 말하는 이유가 우리가 몸집이 작기 때문이야? 우린 판단력도 없는 줄 아니? 너, 크기만 하고, 까맣고, 쓸모없고, 시끄러운 얼간이, 이 벌레나 먹는 놈아!"

이니는 까마귀에게서 받은 모욕에 너무 화가 나서 뒷다리로 서서 날뛰면서 다시 외쳤다.

"야, 다른 놈! 내가 그 나무를 타고 올라가서 꼬리 깃털을 뽑아 버릴 줄 알아!"

"이니, 그런 뜻이 아니었을 거야." 페르디난드는 잔뜩 화가 난 생쥐에게서 좀 떨어져서 말했다. "물론, 너희가 아무 말도 하지 않을 거라는 걸 잘 알아."

"알았어. 저 까마귀에게 말조심 좀 시켜." 이니가 불만에 차서 말했다. "이리 와, 퀵. 이제 가자."

이니는 프레디도 기다리지 않고 집으로 돌아가기 시작했다. 하지만 프레디는 곧 이니와 퀵을 일 분 만에 따라잡았고, 그들을 프레디의 등에 올라탔다. 작은 동물이 들판을 가로질러 가기에는 시간이 너무 많이 걸렸기 때문이었다.

"이 말은 꼭 해야겠어, 프레디." 퀵이 말했다. "내 생각엔 네가 그 까마귀들을 너무 쉽게 풀어 준 것 같아."

프레디는 고개를 끄덕였다. "그래, 그게 바로 이 탐정 일의 고충이지. 너도 알다시피 달리 어떻게 할 방법이 없었잖아.

난 이제 페르디난드가 프리니를 괴롭히지 않을 거라고 확신해. 그는 정말 그 일을 장난 이상으로 생각지 않는 것 같았어. 하지만 그가 프리니의 저녁밥을 계속 훔쳐먹으려고 한다면 내가 무슨 수로 그를 막겠어? 우리에겐 감옥이 필요해. 바로 그게 우리한테 필요한 거야."

"그러니까, 센터보로에 있는 그런 거 말야?" 이니가 물었다.

"그래. 그러면 해서는 안 될 일을 한 동물을 발견하게 되면 한동안 그 속에 가둬 둘 수 있지."

"그러니까 네 말은, 고양이가 우리를 추격하면, 고양이를 감옥에 가둬 둘 수 있다는 뜻도 되지?"

생쥐 이니가 물었다. 프레디가 '그래 맞아' 라고 대답하자 그들도 정말 감옥이 진짜 필요하다는 데 동의했다.

그날 밤 프레디는 세 마리의 소, 즉 위긴스 부인과 부르츠버거 부인, 보구스 부인이 살고 있는 외양간으로 모든 동물들을 불러모아 회의를 열었다. 아마 이 나라에 이 외양간보다 더 좋은 헛간은 없을 것이다. 동물들이 플로리다에서 금화를 마차 가득 싣고 돌아오자 빈 아저씨는 매우 놀랐다. 그래서 그는 고마움의 표시로 외양간과 마구간 등 동물들의 집을 최근 유행하는 형식으로 지어 주었다. 이제 이 마구간과 외양간에는 전깃불이 들어오고 더운물, 찬물도 나온다. 또 창문에는 커튼이 달려 있고 겨울에 따뜻하게 지낼 수 있도록 보일러도 설치되어 있다. 양계장에는 이런 모든 시설 외에도 전기로 둥지를 데워 주는 기계와 병아리들을 위한 작은 시소, 그네, 미끄럼틀이 놓여 있었다.

이웃 농장의 동물들까지도 프레디가 탐정으로 성공하고 있다는 이야기를 듣고 모여들었기 때문에 회의 규모가 상당히 커졌다. 북극곰 피터를 포함해서 숲 속에 사는 동물들도 많이 참석했다. 몇 마리의 양도 회의에 참석했는데, 이것만 보더라도 감옥을 만드는 제안에 얼마나 관심들이 많은지 눈치챘을 것이다. 특히 양은 공공 질서에 관한 일에 큰 관심을 가지고 있었다.

프레디는 연설을 오래 하는 것은 필요 없는 일이라는 걸 깨달았다. 청중들 대부분이 즉시 찬성하는 바람에 감옥이 가득 찰 것 같았다. 수탉 찰스는 감옥이 생기기를 오랫동안 바라 왔다고 말했다. 반대하는 동물은 징크스뿐이었다. 프레디가 발표 시간을 주었을 때 징크스는 펄쩍 뛰었다.

"감옥이 무엇 때문에 필요한지 모르겠어. 우린 감옥 없이도 충분히 잘살아 왔다고."

그러자 프레디가 대답했다.

"하지만 감옥이 있다면 이곳은 더 살기 좋은 곳이 될 거야."

"그래. 하지만 누구나 감옥 안에서 살긴 싫겠지?"

"우리들 가운데 몇몇은 그렇겠지." 프레디가 의미심장하게 말하자 징크스가 대답했다.

"시궁쥐 같은 동물들을 얘기하는 거겠군. 흠, 네가 그렇게 뛰어난 탐정이라면, 왜 그들에게서 에버렛의 기차를 돌려받지 못했지? 물건을 훔쳐 가는 동물들을 잡는 데 더 영리하게 행동하지 못한다면 넌 어느 누구도 감옥에 잡아넣지 못해. 그러니까 난 그게 별 필요가 없다고 보는 거야. 내게 그 시궁쥐들을 잡도록 한다면 그들을 잡아넣을 어떤 감옥도 필요 없지."

"그럼 내가 시궁쥐들을 잡을게. 셜록 홈즈조차도 단번에 모든 일을 할 수는 없었어. 이런 일들은 시간을 필요로 하지. 아마 탐정으로서 꽤 많은 사건을 겪고 나면 잘할 수 있을 거야. 그럴 것 같지 않니?"

"그럼, 프레디는 충분히 그럴 수 있어. 입 닥쳐라, 징크스!"

다른 동물들이 소리쳐 대는 바람에 징크스는 자리에 앉아야만 했다.

이 일에 관한 투표가 진행되었고 74대 1로 감옥을 만드는 것이 결정되었다. 하지만 어디에? 긴 토론 끝에 헛간에 있는 커다란 상자로 된 마구간 두 칸이 적당하다는 결론이 났다. 빈 아저씨에게는 세 마리의 말이 있었지만, 그들은 헛간 문 근처에 있는 마구간을 주로 사용했기 때문에 그 마구간은 늘 비어 있다시피 했다.

"한크, 넌 어떨 것 같아?"

프레디가 물었다. 한크는 말 중에서 나이가 가장 많았다.

탐정 프레디

그는 어떤 것도 확신하는 게 없었지만, 다만 한 가지, 이 세상에서 어느 것보다도 맛있는 음식이 귀리라는 것만은 확신하고 있었다.

"글쎄, 잘 모르겠어." 한크가 느릿느릿 얘기했다. "어떤 동물은 괜찮을 것도 같고, 또 어떤 동물은 괜찮지 않을 것도 같고 그래. 난 코끼리나 호랑이가 들어오는 건 싫어. 그리고 또 북극곰도 안 돼. 기린도 안 돼. 그리고……."

"캥거루나 표범이나 얼룩말도 안 되겠지?" 프레디가 참을성 없이 한크의 말을 끊었다. "우리도 그건 알고 있어. 거기엔 그런 종류의 동물은 가지 않게 될 거야."

"오, 그렇다면 괜찮을 것도 같아." 한크가 말했다. "죄수들은 내게 친구도 되어 줄 수 있을 거야. 그건 참 좋구나."

"자, 그럼 다 된 거지?" 프레디가 말했다. "한크는 간수가 돼서 죄수들을 돌보고 죄수가 도망가지 못하게 할 수 있을 거야. 그리고 어디 보자. 우리는 죄수가 감옥에 얼마 동안 있어야 할지를 결정할 판사가 필요해. 그럼, 내가 이 자리에 적당한 동물을 추천……."

"잠깐!" 수탉 찰스가 흥분해서 외쳐 댔다. "나도 잠시 발언하고 싶은데요, 의장."

"좋아." 프레디가 말했다. "찰스 씨, 발언권을 얻었습니다. 하고 싶은 말이 뭐니, 찰스?"

수탉 찰스는 마차의 의자 위로 날아올라가서 동물들에게

외쳐 댔다. 수탉은 아름다운 말을 쓰는 꽤 괜찮은 웅변가였기 때문에 많은 동물들이 좋아했다. 그가 하는 말을 무슨 뜻인지는 알 수 없었지만 말이다. 자기의 웅변 내용을 알아듣지 못하기는 찰스 자신도 마찬가지였다. 하지만 누구도 신경 쓰지 않았다. 세상의 모든 뛰어난 웅변가들처럼, 그가 하는 말은 고상했지만 그 절반은 중요하지 않은 것이었다.

"신사 숙녀 여러분!" 찰스가 말을 시작했다. "제 무능함에

도 불구하고 저는 이 저명한 회의에서 감히 연설하려 합니다. 우리는 오늘밤 여기에 있는 동물 중 한 천재에게 찬사를 바치려고 모였습니다. '천재' 라는 단어를 여기에 나온 그 누구도 부정하지 않으리라는 전제하에 사용하였습니다. 그는 농장에 사는 동물로, 훌륭한 재능이 있음에도 불구하고 소박하며, 완고한 결단력과 유쾌한 성격으로 그 어떤 동물에게도 주어지지 않았던 신뢰과 책임 있는 자리에 올랐습니다. 신사 숙녀

여러분, 바로 '탐정 프레디' 입니다."

찰스는 동물들의 갈채가 이어지는 동안 잠시 말을 멈추었다가 계속했다.

"프레디를 두고 하는 말이 있습니다. '그는 언제나 동물을 감동시킨다.' 그의 경력은 여러분 모두가 너무나 잘 알고 있기 때문에 이야기를 길게 하는 게 오히려 망설여집니다."

"그래, 내 저럴 줄 알았지!" 징크스가 빈정거렸다. "근데 왜 시궁쥐들은 잡지 못했을까?"

"그리고……,"

찰스는 징크스의 방해에 신경쓰지 않고 말을 계속하려고 했다. 하지만 긴 연설을 참지 못한 징크스가 소리를 질렀다. 징크스는 찰스의 장황한 이야기에 언제나 화를 내곤 했다.

"네가 누군지 내가 말해 주지! 너는 멍청한 수탉일 뿐이야. 헨리에타가 오면 네 연설 속의 거짓말을 다 지적할 거야. 헨리에타는 네가 싫어할 만한 얘기들을 하겠지!"

"입 닥쳐! 재 좀 내쫓아!"

동물들이 소리치자 징크스는 조용해졌다. 하지만 찰스는 조금 겁을 먹었다. 찰스의 부인 헨리에타는 찰스가 여러 동물들 앞에서 연설하는 걸 결코 좋아하지 않았다. 언젠가 헨리에타는 찰스가 연설하는 걸 다시 보게 된다면 그가 그토록 자랑스러워하는 잘생긴 꼬리 깃털을 뽑아 버리겠다고 으름장을 놓은 적이 있다.

찰스는 기분이 곧 나아져서 연설을 계속했지만 연설을 좀 서둘러 끝내려고 했다.

"난 여러분을 오래 붙잡고 싶은 생각은 없습니다. 그래서 제가 말하고자 하는 것을 바로 말하겠습니다. 바로 판사를 뽑는 일입니다. 판사가 되는 일은 쉬운 일은 아닙니다. 죄수를 판사에게 데리고 갔을 때 판사는 사건의 증거들을 모두 알고 있어야 하고, 죄수가 무죄인지 유죄인지 결정해야만 합니다. 또 유죄라면 그를 감옥에 얼마 동안 가둬 둘 것인지 결정해야 합니다. 쉬운 일은 아니죠. 하지만 누군가는 이 크나큰 책임감을 가진 판사가 되어야 할 것입니다. 더욱이 판사를 맡게 되면 자기 자신을 위한 시간은 아주 많이 줄어들게 될 것입니다. 우리 동물 가운데 누구도 그런 자리를 원하지 않을 것입니다. 하지만 저는 이것에 관해 조심스럽게 생각해 보았고, 공공 질서를 위해서 기꺼이 이 한몸 바쳐야겠다는 결론을 내렸습니다. 저는 제 자신을 판사로 추천합니다."

박수 갈채와 투덜거림이 계속되는 동안 찰스는 말을 잠시 멈췄다.

"그 위치에 맞는 제 능력에 관해 제 자신이 말해야 하는 것은……." 찰스는 연설을 계속했고, 최대한 겸손해 보이려고 애썼다.

"정말 어려운 일입니다. 친구 여러분은 저에 대해 알고 계십니다. 제가 판사로서의 중요한 작업에 필요한 지혜, 경험,

탐정 프레디

정직성을 갖고 있는지 아닌지는 여러분의 판단에 맡기겠습니다. 저는 여러분과 오랫동안 같이 살아 왔습니다. 저에 관한 기록이 대신 말해 줄 수도 있겠지요. 저를 찍어 주시는 걸로 여러분의 확신을 표현해 주신다면, 저는 여러분이 제게 보여 주신 확신이 가치 있는 일이었다는 걸 증명하기 위해 최선을 다하고, 이 일 이외의 다른 일은 하지 않을 것입니다."

그렇게 말을 마친 뒤 찰스는 마차에서 날아 내려왔다.

동물들은 곧 두 파로 나뉘었다. 하나는 찰스 파, 다른 하나는 프레디가 추천한 북극곰 피터 파였다. 찰스를 잘 알고 있는 동물들은 대부분 피터를 지지했다. 그들은 찰스를 좋아했지만 머리가 좋다고 생각하지는 않았다. 그리고 이렇게도 말했다.

"찰스는 말이 너무 많아. 그리고 좋은 판사가 되려고 자신에 대해 생각을 너무 많이 하게 될 거야."

하지만 찰스를 잘 알지 못하는 동물들은 그가 말을 잘하기 때문에 많은 걸 알고 있다고 착각하고 있었다. 그건 분명 실수였다. 동물들은 피터가 머리가 좋다고 생각했지만 피터에게는 중대한 결점이 있었다. 피터는 매년 12월부터 3월까지 숲 속에 있는 동굴에서 겨울잠을 자야만 한다는 것이었다. 그렇게 되면 겨울에 일어난 사건들은 다음 해 봄까지 기다려야만 했다. 찰스의 반대파는 그건 별 문제가 안 된다고 했다. 좋은 판사가 자고 있는 것이 못난 판사가 깨어 있는 것보다 낫다고 했다. 하지만 일반적인 반응은, 일 년 중 넉 달이나 자야 하는 판사를 뽑는 건 좋은 생각이 아니라는 것이었다.

몇 명의 연설이 끝나자 토론은 더욱더 격렬해졌다. 그러는 동안 대부분의 양들은 집으로 돌아갔고, 다람쥐 두 마리가 구석에서 싸우고 있어서 투표가 시작되기 전까지는 둘을 갈라 놓아야만 했다. 이윽고 개표가 시작되었고, 결과는 찰스의 승리였다.

수탉 찰스는 당선 연설을 하고 싶었기 때문에 다시 마차의 의자 위로 날아 올라갔다. 하지만 연설은 얼마 하지 못했다.

"친구 여러분, 저는 온 마음을 다해 감사드리……."

투표 시간 동안 사라졌던 징크스가 다시 안으로 머리를 디밀었다.

"야, 찰리(찰스의 애칭), 헨리에타가 나오래."

찰스의 연설은 목이 졸린 것 같은 껙껙 소리로 끝났다. 그는 의자에서 뛰어내려와 바깥으로 나갔다. 하지만 헨리에타는 그곳에 없었다. 찰스는 잠시 두리번거린 다음에야 징크스가 자신을 놀린 것임을 알아챘다.

찰스가 다시 외양간으로 돌아가려 할 때 그를 부르는 목소리가 들렸다.

"어이, 판사! 자네에게 선물이 있네!"

그리고 펑! 펑! 펑! 부드럽고 질퍽한 뭔가가 찰스가 서 있는 땅에 떨어졌다. 찰스는 얼른 외양간 문으로 뛰어갔지만 그만 한발 늦고 말았다. 익을 대로 익은 토마토가 찰스의 등에 떨어졌다. 지붕에서 비웃는 소리가 왁자지껄하게 들려오는 동안 찰스는 땅에 뻗어 있었다.

찰스는 일어나서 몸을 털었지만 별 소용이 없었다. 이 회의를 위해 아주 정성스럽게 닦고 윤을 낸 멋진 깃털이 축축해지고 지저분해지고 말았다. 찰스는 지금만은 어떤 연설도 할 수 없었고, 외양간으로 돌아갈 수도 없었다. 새로 선출된 판사는 지독한 곤경에 빠졌다! 곤경에 빠지긴 했지만 찰스는 누구에게 고마워해야 할지 확실히 알 수 있었다. 징크스는 숲에 살고 있는 동물 중에 이런 유치한 장난을 칠 만한 교활한 놈들을 알고 있었다. 분명 징크스가 그들을 데려와 장난을 친 게 분명하다. 찰스는 이 사건이 징크스의 짓이라는 걸 확신했다. 그런데 그들은 엄청난 실수를 했다. 바로 찰스가 판사가 되었다는 사실을 잊은 것이다. 찰스는 이제 누구든 감옥에 넣고 계속 가둬 둘 수 있다. 바로 그게 찰스의 새로운 직업이니까.

'어디 두고 봐, 징크스.'

새내기 판사는 반쯤 눈물이 어린 채 협박의 말을 중얼거렸다. 그리고 잠시 슬퍼하다가 명예와 찬사로 가득 찼던 헛간을 뒤로 한 채 헛간 앞마당을 가로질러 닭장으로 비틀거리며 걸어갔다.

**6**

## 사이먼 무리의 패배

울타리의 한편에는 도랑이 있었고, 다른 한편에는 옥수수
밭이 있었다. 프레디는 옥수수 밭과 울타리 사이에 난 좁은
길을 따라 산책하는 중이었다. 그날은 바람 한 점 없는 날이
었는데도 이상하게 살랑거리는 소리와 휙 지나가는 소리가
작게 들려왔다. 그리고 바람이 스치는 듯 울타리 옆 옥수수
줄기나 잔디, 작은 나무숲이 이따금씩 잠깐 동안 흔들리기도
했다. 하지만 프레디는 어떤 것도 눈치채지 못했다. 그래도
프레디는 탐정으로서의 의지가 발동하여 울타리에 난 흔적이
나 돌 또는 발자국이 없는지 어슬렁거리다가 자세히 살펴 보
기 위해 이따금씩 멈추기도 했다.

좀 더 걷다 보니 울타리를 따라 난 좁은 길과 도랑이 왼쪽으로 급하게 구부러지는 곳이 나타났다. 프레디는 길을 따라 돌아 모퉁이에 도착하자마자 쏜살같이 울타리 모퉁이에 있는 작은 나무 숲으로 뛰어들었다. 숨기에는 그곳이 제일 적당했다. 프레디는 일 분 정도 움직이지 않고 엎드려 있었다.

조금 지나자 토끼가 깡충깡충 뛰어가는 게 보였다. 토끼는 조용하게 깡충깡충 뛰면서 주위를 빈틈없이 둘러보았지만 프레디를 발견하지는 못했다. 토끼는 계속해서 조심스럽게 가던 길을 갔다. 그 토끼의 뒤를 숲에 사는 고슴도치 클라렌스가 따라가고 있었다. 클라렌스는 살금살금 걸어가면서 가시가 소리를 낼까 봐 무지하게 애쓰고 있었다. 이때 다람쥐 한 마리가 소리 없이 울타리를 따라 프레디의 머리 위로 뛰어갔다. 하지만 다람쥐는 고슴도치를 쫓아가는 데 정신이 팔려서 프레디가 자기 발 밑에 있는 걸 보지 못했다. 이때 또 뭔가가 옥수수대를 스치는 소리가 났다. 염소가 머리를 불쑥 내밀고는 길의 아래위를 살피고 있었다. 잠시 뒤에 빈 아저씨의 개 로버트가 고슴도치의 흔적을 밟아 몰래 따라가는 걸 보고 염소는 머리를 다시 집어넣었다.

"잘하고 있군." 동물들이 지나가는 걸 보고 프레디가 혼잣말을 했다. "정말 잘하고 있어. 애들이 지금 탐정 공부 중이군."

옥수수를 짓밟고 부딪치는 소리가 밭에서 들려왔다.

"저런, 맙소사! 저 소리는 위긴스 부인이 틀림없어. 저런, 저런, 빈 아저씨가 엄청나게 화를 내겠군!"

울타리 옆의 좁은 길에 위긴스 부인이 나타나자 프레디가 벌떡 일어났다. 위긴스 부인이 지나온 길은 옥수숫대가 짓밟혀져서 넓은 길이 되어 버렸다. 그녀가 헐떡거리면서 물었다.

"프레디, 애들이 어디 있지? 난 로버트를 미행하고 있었는데 또 놓친 것 같아."

그렇게 말하고서 위긴스 부인은 털썩 주저앉았다. "휴우! 이건 진짜 괴로운 일이야. 탐정이 되는 거 말야! 그리고 너무 더워! 다음엔 좀 시원한 날을 골라서 해 봐야지."

위긴스 부인은 뒤돌아서 자신이 지나온 흔적을 바라보았다. "아무래도 빈 아저씨의 옥수숫대를 한두 개쯤 망쳐 놓은 거 같아."

"한두 개라고?" 프레디가 소리쳤다. "옥수수 밭 전체를 망쳐 놓고 그런 말이 나와? 빈 아저씨는 몹시 슬퍼할 거야. 아저씨가 그러시는 건 당연해."

"뭐야, 프레디." 위긴스 부인이 말했다. "너도 숨을 만한 곳이 없으면 누구도 미행할 수 없다는 걸 잘 알고 있잖아. 나처럼 큰 동물은 개나 고양이처럼 작은 이파리 몇 장 뒤에 숨을 수가 없잖아. 그리고 더구나 수많은 연습 없이는 좋은 탐정이 될 수 없다고 말한 건 너야. 그럼 내가 뭘 어떻게 해야 되는데?"

"탐정이 되는 걸 포기하면 간단해. 그뿐이야. 아니면 미행을 하지 말든가. 탐정이 하는 일은 미행 말고도 많이 있어. 단서를 찾는 것, 그리고 단서를 찾은 다음에는 단서가 뜻하는 게 무엇인지 알게 될 때까지 생각하는 것도 있지."

위긴스 부인은 깊은 한숨을 내쉬었다.

"이봐, 프레디! 너도 알다시피 생각하는 건 내가 잘하는 게 아냐. 내 말은, 난 머리는 좋지만 그런 쪽으로는 머리가 잘 돌아가지 않는다는 얘기지. 머리가 원래 돌던 대로 두면 어느 누구보다 머리가 좋지만 다른 방식으로 돌리려고 하면 말야……, 음, 말하자면 수수께끼 같은 거. 그래, 바로 그런 것에는 전혀 머리가 돌아가지 않거든."

"그래, 탐정 일은 수수께끼보다 더 어렵지. 하지만 넌 미행은 하지 않는 게 좋겠어. 빈 아저씨는 분명 이런 식으로 자기 옥수수밭이 망쳐지는 좋아할 리 없거든. 아저씨는 요새 많이 예민해져 있어. 아저씨더러 뭐라 할 수도 없지. 농장의 모든 동물들이 농장을 헤집고 다니면서 탐정 놀이를 해 대니 기분이 어떠시겠어? 아저씨가 아주머니에게 하는 말을 들었는데, 아저씨가 집을 나설 때마다 동물 열댓 마리가 뒤를 따라다니며 킁킁거리고 냄새를 맡는 데 아주 질려 버렸대. 또 일하다 고개를 들어 보면 언제 어디에 있든지 여러 개의 눈이 자기를 보고 있다는 거야. 어딘가에 숨어서 아저씨를 주시하고 있는 여러 개의 눈들을 떠올려 봐."

"저런!" 위긴스 부인이 부르르 떨면서 소리쳤다. "나도 알아, 그런 거. 뭔가가 말없이 나를 지켜보고 있는 것처럼 신경이 곤두서는 일은 없지. 나에게도 그런 일이 있었어. 시궁쥐들이 우리 헛간에 살았을 때 종종 사이먼 영감이 쥐구멍에 앉아 있었거든. 거기서 수염 한번 움직이지 않은 채 나를 계속쳐다만 보는 거야. 진짜 신경이 곤두서더라고. 이런, 미안! 프레디, 난 시궁쥐들을 언급하려던 게 아니었어."

"아냐, 괜찮아. 신경 안 써. 비록 내가 시궁쥐들을 어떻게 해야 할지 모르겠다고 고백하긴 했어도 말야. 그 일은 지금까지도 내게 많은 고통을 주는 유일한 사건이야."

"구역질 나는 놈들!" 위긴스 부인이 소리질렀다. "내가 다락에 올라갈 수만 있어도 본때를 보여 줄 텐데."

"나도 네가 그럴 수 있으면 좋겠어. 너라면 기차를 들어올리는 일쯤은 뿔 하나로 거뜬할 텐데. 하지만 계단이 너무 좁

아. 오, 이런, 아냐, 다른 방법이 있을 거야. 아, 아이디어가 떠오를 것 같아."

"바로 그거야, 아이디어! 탐정이 되려면 아이디어가 있어야 하지. 내가 가장 최근에 아이디어를 떠올렸던 때가 언제였는지 모르겠네. 어쨌든 제발 기차를 찾아오는 방법이 있어야 하는데. 밧줄로 묶은 다음에 잡아당길 수는 없니?"

"흠," 프레디가 잠시 생각했다. "그래, 바로 그게 아이디어야."

"아이디어라고?" 위긴스 부인이 소리쳤다. "맙소사, 프레디, 이건 아이디어가 아냐. 그냥 생각이 난 거라고!"

"아이디어도 항상 그렇게 떠오르는 거야. 좋은 것일수록 더 그렇지. 시궁쥐들이 밧줄을 두 토막 내기 전에 빨리 이 작업에 들어가야 해. 자, 이리 와. 같이 헛간으로 돌아가서 이 일에 관해 의논해 보자. 가능하면 오늘 저녁에 해 보고 싶어."

그래서 위긴스 부인과 프레디는 어슬렁어슬렁 돌아갔다. 그들은 너무 진지하게 얘기하며 걷느라 미행당하고 있다는 걸 눈치채지 못했다. 미행하던 동물들은 크기가 제각각인 여섯 마리의 동물들이었는데, 그들은 나무 뒤에 잽싸게 숨기도 했고, 공터가 나오면 전쟁터에 나가는 인디언처럼 쏜살같이 가로질러 갔다.

위긴스 부인은 아이디어를 내놓은 것이 자신이라는 사실에 대단히 흥분했다. 프레디가 진심으로 조언을 구하자 그녀는 기분이 날아갈 것처럼 좋아져서 자기가 가고 있는 곳이 어딘 지도 모르는 듯했다. 위긴스 부인과 프레디가 지나갈 때 앨리스가 엠마에게 말했다.

"위긴스 부인이 이렇게 생기에 차 있는 모습은 본 적이 거의 없어. 얼굴이 장밋빛이 되었잖아."

"흥!" 엠마가 코웃음을 쳤다. 엠마는 그날 조그만 물고기를 먹었다고 웨슬리 아저씨에게 잔소리를 들었기 때문에 화가 좀 나 있었다. "흥! 위긴스 부인은 누가 조금만 관심을 보이면 항상 저렇게 흥분하잖아!"

징크스는 다락에 올라가 있었다. 요즘 징크스는 그곳에서 주로 시간을 보내곤 했다. 그곳에서 할 수 있는 일은 별로 없었지만 주기적으로 기차가 곡물 상자까지 갔다오는 것을 지켜보았다. 그리고 시궁쥐들이 자신에게 하고 있는 모욕적인 말과 상스러운 노래를 들었다. 프레디가 부르는 소리에 징크스는 금방 아래로 내려왔다. 프레디와 위긴스 부인, 징크스는 함께 회의를 하면서 계획을 세웠다. 그리고는 각자 저녁을 먹으러 헤어져야 할 때쯤에 결정을 내렸다.

다락에는 빈 아저씨가 매년 여름이면 건초를 운반할 때 사용하는 문이 있었다. 그 문 위의 큰 들보 끝에는 도르래가 달려 있었고, 도르래에 걸린 굵은 밧줄 끝에는 쇠갈고리가 달려 있었는데 밧줄의 반대편 끝은 다락 바닥에 내려져 똘똘 감겨 있었다. 밤이 되자 아저씨는 집안일을 마치고 헛간, 양계장,

탐정 프레디

돼지우리 등을 휘이 돌아보고 나서 불을 껐다. 그리고는 동물들에게 특유의 쉰 목소리로 친절하게 "잘들 자거라" 하고 말한 다음 부엌에 가서 사과 푸딩 몇 개와 파이 한 조각, 도넛 몇 개를 먹고는 잠이 들었다.

밤이 조금 더 깊어지자 프레디와 징크스는 다락으로 올라 갔다. 기차는 계속 왔다갔다하고 있었다. 시궁쥐들은 고양이 징크스보다 자신들이 당연히 머리가 좋다고 생각하고 있었다. 하지만 이 현명한 시궁쥐들은 행운이 언젠가는 사라져 버릴 것이란 걸 충분히 알고 있었다. 그래서 그들은 할 수 있는한 많은 양의 곡식을 저장하려고 밤낮으로 조를 짜서 일했다.

시궁쥐들은 이가 부러진 뒤로 다락에 온 적이 없던 프레디의 소리를 듣자 프레디를 비웃기 시작했다.

"오! 여기 오랜 친구 프레디가 왔네. 돼지 꼬리 프레디! 오늘 부릴 재주는 뭐지, 돼지야? 오늘밤엔 누굴 잡아가실 건가?"

그리고는 다음과 같은 노래를 부르기 시작했다.


오, 우리는 젊고 명랑한 시궁쥐들
누가 헛간 마당의 점잖은 체하는 놈을 비웃는가
고양이쯤은 이길 수 있어
돼지는 문제도 아니라네.

우리가 살고 싶은 데서 살 거야
하고 싶은 대로 하고 살지
적들의 협박이 끊이지 않지만
그런 것쯤은 아무것도 아니라네.

돼지 탐정이 꿀꿀거릴 때
고양이가 난폭하게 꼬리를 휘두를 때
우리는 웃음으로 왁자지껄해지고
곧 웃음보가 터져 버린다네.

우린 했던 대로 해 왔고
우리는 했던 대로 한다네
고양이, 돼지가 못하게 해도 무시한다네
우리는 누구의 명령도 받지 않으니까.

그러니 고양이, 돼지, 사람들아
싸움을 피하고 싶으면
그냥 집이나 우리에서 안전하게 지내면서
우릴 방해하지 마라.

"시궁쥐들은 자기 자신을 꽤 좋아하는 편인가 봐. 그렇지
않니?"

탐정 프레디

징크스가 말했다. 프레디는 아무 말 없이 재빨리 일하러 갔다. 밧줄을 매지 않은 끝쪽을 문을 통해서 아래에서 기다리고 있던 위긴스 부인에게 던졌다. 그런 다음 거의 넘어질 뻔하면서 몇 번을 시도한 끝에 갈고리를 잡아서 다락으로 내렸다.

그동안 시궁쥐들은 자기들이 프레디를 멸시한다는 걸 보여주기 위해 기차를 타고 목청 터지도록 노래를 부르고 바닥을 돌며 행진했다. 시궁쥐들은 적이 직접적인 공격은 하지 못할 거라고 확신하고 있었다. 그래서 자신들이 우월하다는 걸 보여 주기 위해 새로운 노래말을 생각해 내는 데 열중한 나머지, 곧 일어날 일에 대해서는 전혀 눈치채지 못했다.

갑자기 프레디가 말했다.

"가자!"

프레디와 징크스는 기차에 달려들어 시궁쥐들이 무슨 일이 났는지 알기도 전에 커다란 갈고리를 기차 엔진 창에 단단하게 걸었다. 그런 다음 위긴스 부인에게 소리를 질러 신호를 보냈다. 위긴스 부인은 헛간 반대 방향으로 걸어나가 한쪽 뿔에 걸려 있는 밧줄을 당겼다.

기차가 마루를 가로질러 끌려가자 덜거덕거리는 소리와 깩깩거리는 소리가 뒤섞여 들려 왔다. 문 앞까지 당겨진 기차가 도르레에 대롱대롱 매달리자 꼬투리에서 터져나오는 완두콩처럼 시궁쥐들이 떨어져 내렸다. 징크스가 층계를 뛰어내려가자 시궁쥐들은 헐레벌떡 일어나서 안전하게 대피할 곳을 찾았다.

징크스는 그들 틈에서 열심히 주먹을 날려 댔다. 사이먼은 기차에 없었지만, 대신 사이먼의 아들 에즈라가 있었다. 징크스는 다른 시궁쥐들이 도망가는 동안 에즈라의 뒷목을 잡나꿔챘다. 그런 다음 위긴스 부인에게 다시 헛간 앞으로 뒷걸음질치게 하여 기차를 바닥에 놓게 했다.

기차에 타고 있지 않았던 시궁쥐들은 자신들이 먹고 살 방

법을 잃어버렸으므로 미칠 지경이었다. 시궁쥐들은 화가 나서 쥐구멍 바깥으로 떼지어 나와서는 깩깩거리고 버둥거리는 동료들을 질질 끌고 갔다.

프레디는 일이 완벽하게 끝나자 오래 머물 이유가 없었다. 사실 층계에서 여덟 계단이나 굴렀기 때문에 더욱 빨리 나가고 싶었다. 하지만 밖에서 되찾은 기차를 보고는 기운을 차리고, 이번 승리에서 한몫 해낸 위긴스 부인에 대해 칭찬을 아

　　　　　탐정 프레디

끼지 않았다.

"에버렛은 네 덕분에 기차를 찾게 된 거야. 어느 누구도 아니고 너라고. 그러니까 넌 탐정이 되려고 사람들을 미행하는 방법을 배우느라 고생할 필요가 없어. 우와! 넌 아이디어가 있잖아. 그건 매우 중요한 거라고."

"아이디어라고!" 위긴스 부인이 어리둥절해서 외쳤다. "그건 아이디어가 아니야. 난 아이디어를 생각해 낸 적이 없다고. 내가 전에도 말했지만 말야."

"그건 정말 아이디어였어." 프레디가 말했다.

"그래, 네가 그렇게 부르고 싶다면 뭐…… 그건 내게는 상식 같은 건데."

프레디는 잠시 아무 말도 하지 않았다. 잠시 후 그는 버둥거리던 걸 포기하고 징크스의 앞발 앞에 조용하게 엎드린 죄수에게 주의를 돌렸다.

"잘했어, 징크스. 우리는 어쨌든 이들 중 한 마리면 되니까. 지금 당장 판사에게 선고를 받도록 판사 앞에 데려가는 것이 좋겠다. 그런 다음 감옥에 가둘 수 있어."

"판사한테 바라는 게 뭐야?" 징크스가 물었다. "에즈라를 내게 줘. 더 이상 아무 말썽도 부리지 못하게 만들어 버릴 테니까."

징크스는 그렇게 말하고는 에즈라를 사납게 노려보았다. 하지만 프레디와 위긴스 부인이 판사에게 가야 한다고 고집을 부리는 바람에 끝내는 그러기로 했다.

"그럼 너희가 먼저 그렇게 얘기했어야지. 그렇게 얘기했다면 난 에즈라를 잡지 않았을 거야."

그들이 양계장에 도착했을 때는 이미 어둑어둑해져 있었다. 하지만 문을 한번 두드리자마자 창문 밖으로 누군가 머리를 내밀고는 무슨 일로 한밤중에 정직한 닭들을 깨우는지 퉁명스럽게 물었다.

"미안해, 헨리에타. 하지만 이건 정말 중요한 사건이라서 기다릴 수가 없어. 우린 여기에 죄수를 데리고 왔거든. 우린 판사를 만나야만 해."

하지만 헨리에타는 말을 듣지 않았다.

"난 잘난 척하는 고양이나 개 때문에 잠자는 걸 방해받고 싶지 않아. 그러니까 징크스, 넌 부드러운 말로 날 달랠 필요도 없어. 난 널 알아! 그리고 너랑 같이 온 게 누구지? 위긴스 부인? 부끄러운 줄 알아요, 위긴스 부인. 평판이 나쁜 깡패와 평화를 깨는 건달과 항상 함께 건들거리면서 돌아다니다니……."

"저기, 헨리에타," 위긴스 부인이 친절하고 우렁찬 목소리로 말했다, "내가 나쁜 짓을 저지를 리 없다는 건 당신도 잘 알고 있죠?"

"새들의 날개는 같이 펄럭거리죠," 헨리에타가 위긴스 부인의 말을 끊고 얘기했다. "난 당신이 사귀는 친구로 판단할 뿐이에요, 부인. 하지만 물론 난 아무것도 말할 수 없겠죠. 당신이 어떤……."

"제발 찰스 좀 불러 줘. 그래 줄 거지?" 프레디가 더 이상 참지 못하고 말했다. "죄수를 잡아 왔단 말야. 판사의 선고가 있어야 해."

"징역 육 개월을 선고한다."

닭장 안에서 수탉 찰스의 졸린 목소리가 들려왔다.

"왜? 넌 피고가 누군지도, 무슨 일을 했는지도 모르잖아." 위긴스 부인이 소리쳤다. "당장 이리 나와, 찰스. 당선되었을 때 한 말대로 네 책임을 다해야 하잖아."

"그럼 피고에게 징역 일 년을 선고한다." 다시 졸린 목소리가 들려왔다. "피고를 데려가. 난 더 자고 싶어."

"자, 거기, 이제 대답을 들었지?" 헨리에타가 말했다. "자, 이제 소란 그만 피우고 가 줘. 동물들이 뭐라고 하겠니?"

"그들이 어떻게 생각할지 잘 알아." 프레디가 화가 잔뜩 나서 말했다. "그들은 다른 판사를 구해야겠다고 생각하겠지. 피터를 뽑지 않은 이유가 일 년 중 반을 자기 때문이었어. 근데 판사로 임명된 후 첫 번째 사건의 공판이 있는데도 잠에서 깨기 싫어하는 판사를 어떻게 보겠어? 자, 얘들아, 우리 피터한테 가자."

이건 헨리에타가 바라던 것이 아니었다. 헨리에타는 남편이 하는 일은 무조건 못하게 막았지만 남편이 판사가 된 것을 매우 자랑스럽게 여기고 있었다.

"잠깐만 기다려 봐."

헨리에타는 그렇게 말하고 서둘러 안으로 사라졌다.

덜거덕거리는 소리와 퍼덕거리는 소리가 나고, 한두 번 투덜거리는 소리가 나더니 문이 열리고 잠에 취해 눈이 거의 감긴 찰스가 나왔다.

"이게 다 뭐야? 이렇게 남 생각을 안 해 주다니……."

잠에 취해 말도 제대로 되지 않는 찰스는 눈을 감고 문 기둥에 기대어 섰다. 하지만 마누라가 날카로운 부리로 한번 쪼아서 깨우자 죄수를 험상궂게 쳐다보았다.

"피고의 범행은 뭔가?" 찰스가 물었다.

프레디와 징크스, 위긴스 부인이 그동안의 이야기를 했다. 이야기가 끝날 때 쯤 찰스는 완전히 잠에서 깨서 에즈라를 돌아보고 물었다.

"피고, 감옥에 갈 수 없는 이유가 있다면 얘기하라."

시궁쥐는 뭔가 얘기하려고 하다가 교활한 눈빛으로 자신을 무거운 앞발로 잡고 있는 징크스를 올려다보았다. 이내 눈을 내리깔고는 기가 죽어 말했다.

"없어요, 판사님."

"엥, 자신을 위한 변론이 없다고? 그럼, 너의 첫 번째 범죄, 아니, 범죄라기보다는 처음 잡힌 거겠지. 그래서 가벼운 형량을 선고할 것이다. 삼 개월의 징역에 처한다. 그리고 피고는 감옥에서 삼 개월 동안 생각을 많이 하기 바란다. 동료 동물들과 평화롭게 살아가는 지혜를 배우고, 다른 동물들의 재산을 건드리지 않아야 한다는 것도 깨우치게 되기를 바란다. 내가 하고 싶은 말은……."

하지만 그가 말하고 싶었던 게 무엇이든 그건 들을 수 없는 말이었다. 평소 남편의 연설에 대해 조금의 인내심도 없는 헨리에타로서는 한밤중의 연설은 더군다나 참기가 어려웠다.

헨리에타는 찰스의 꼬리 깃털을 꽉 잡아서 안으로 홱 끌어들이고는 문을 쾅 닫아 버렸다.

# 7
# 헛간 앞마당에 이는 범죄의 물결

프레디는 이제 성공한 돼지가 되었다. 사이먼 무리를 쳐부순 것과, 사이먼이 훔쳐갔던 기차를 에버렛에게 되돌려 준 사건의 성공으로 아주 많은 사건 의뢰가 들어왔다.

프레디는 위긴스 부인을 동료 탐정으로 받아들였다. 그들은 서로에게 좋은 짝이 되었다. 프레디는 아이디어가 풍부했고, 위긴스 부인은 일반 상식을 많이 알고 있어서 혼자일 때보다 둘이 있을 때가 훨씬 더 일이 잘 처리되었다.

시간이 흐르면서 그들은 어려운 사건들만 처리했고, 간단한 사건들은 직원들에게 처리하도록 했다. 직원들이란 몇몇 작은 동물들로, 미행과 정보를 모으는 일에 재능이 있었다. 프레디는 한때 헛간 앞마당 여행 주식회사였던 돼지우리 앞에 커다란 간판을 걸었다. 간판의 내용은 다음과 같았다.

---

## 프레데릭 & 위긴스 탐정 사무소

확실하고 수준 높은 미행. 도둑맞은 물건 찾아주기.
범인 잡기. 실종된 동물을 찾아주고 가족의 품으로
돌려보내기. 누구도 따라잡을 수 없는 우리의 경력은
당신이 수사를 맡길 만합니다.

※ 백 년 동안 의뢰인에게 손해를 입힌 적 없음.

---

위긴스 부인은 처음에는 마지막 문장을 쓰는 것에 반대했다.

"우리는 탐정 사업을 시작한 지 일주일밖에 안 됐어."

"그래서 뭐 틀린 거라도 있어? 모두 사실이잖아?"

"하지만 마지막 표현은 마치 오랫동안 탐정 일을 해 온 것 같잖아."

"그래, 그게 바로 내가 원하던 바야."

프레디가 그렇게 대답하자 위긴스 부인은 더 이상 할 말이 없었다.

얼마 지나지 않아 바로 동물 여덟 마리가 감옥에 들어가게 되었다. 거기에는 에즈라, 미나리를 훔쳐 먹다 걸린 토끼 두 마리, 친구 빌을 만나러 농장에 왔다가 빨랫줄에 걸려 있던 빈 아줌마의 레이스 식탁보와 빈 아저씨가 가장 아끼는 잠옷을 먹어 치운 염소 에릭이 있었다. 그 뒤로 빈 아줌마가 닦아 놓은 현관에 와서 반짝거리는 흔적을 여기저기에 남긴 죄로 두 마리의 달팽이가 더 들어왔다. 그 다음으로는 헨리에타를 쫓아 나무까지 올라간 떠돌이 고양이가 들어왔다. 마지막으로 제로라고 불리는 말파리 한 마리가 있었다.

이 파리를 검거하기까지는 많은 어려움이 따랐다. 경찰로 임명된 농장의 개 조크와 로버트는 이 일에서 할 수 있는 것이 아무것도 없었다.

제로는 그냥 한번 물고 날아가는 보통 파리가 아니었다. 제로는 아예 보구스 부인에게 들러붙어 살았다. 그는 외양간에서 살면서 아침만 되면 부인을 물기 시작했다. 목초지로 내려갈 때도 따라가서 마구 물어 댔다. 제로는 행동이 재빨라서 부인이 꼬리로 공격할 때도 비웃기만 했다. 부인이 오리 연못으로 들어가서 코만 내놓고 있을 때조차도 코에 내려앉아 코를 물었다. 이런 일을 계속 당하는 건 너무나 고통스럽고 짜증나는 일이었다. 결국 보구스 부인은 프레디에게 이 사건을 의뢰했다.

매일 저녁 제로는 헛간의 천장에 붙어서 잠을 잤다. 보구스 부인 바로 위에서 자다가 해가 떠서 앞을 볼 수 있을 정도만 되면 바로 내려와서 물기 시작했다.

"아주 간단한 일입니다. 보구스 부인." 프레디는 직업적인 말투로 말했다. "그냥 내게 맡기기만 해요."

프레디는 집으로 들어가 빈 아줌마에게서 파리 잡는 끈끈이를 빌려 와서는 외양간에 붙여 놓았다.

"이거면 해치울 수 있지."

다음 날 이른 아침 프레디는 시끄러운 소리에 잠에서 깨어났다. 뛰어나가 보니 외양간이 동물들로 붐비고 있었다. 프레디는 거드름을 피우며 빨리 걸어갔다.

"죄수는 어디에 있지?" 하고 프레디가 물었다.

동물들이 프레디를 위해 길을 비켜 주었다. 그런데 끈끈이에 잡혀 기운 없이 버둥거리고 있는 것은 말파리 제로가 아니라 생쥐 이니였다. 이니는 위긴스 부인을 만나러 외양간에 왔다가 이 끈끈이 덫이 있는 줄 모르고 밟게 된 것이었다.

프레디는 코에 끈끈이를 여러 번 묻힌 끝에 이 운없는 생쥐를 겨우 구할 수 있었다. 그러는 동안 제로는 프레디의 머리 위를 뻔뻔하게 윙윙거리며 돌아다녔다. 프레디는 이니의 가족들에게서 큰 항의를 받았다.

잠시 후 프레디는 생각을 좀 하기 위해 바깥으로 나왔다. 뭔가 다른 걸 시도해야만 했다. 그런데 프레디가 갑자기 날카롭게 꽥 소리를 지르며 공중으로 뛰어올랐다. 뭔가가 그의 귀를 찌른 것이었다.

화가 나서 주변을 둘러보았더니, 프레디의 머리 위에서 제로가 돌고 있었다. 제로는 가는 목소리로 킹킹거리며 웃었다.

"이 돼지야, 그건 바로 파리 끈끈이에 대한 복수다. 다음에는 더 아플 거야. 그러니까 날 내버려두는 게 좋아."

제로는 그렇게 말하고서 보구스 부인을 찾아 날아갔다. 하지만 프레디는 파리의 협박 따위엔 신경도 쓰지 않았다.

프레디는 잼을 가져와서 보구스 부인의 코에 발랐다.

"자, 연못에 가서 코만 내놓고 있어. 그런 다음에 제로가 코에 앉으면 일 분 동안 물 밑으로 잠수하는 거야. 제로는 발이 잼에 들러붙어서 빠져나오지 못하고 익사할 거야. 그럼 그걸로 제로는 끝이지."

그래서 보구스 부인은 물에 들어갔고, 프레디는 둑에 앉아서 이를 지켜보았다. 제로가 한동안 나타나지 않자 프레디는 제로가 얼마나 영리한지에 관해 생각하기 시작했다. 그런데 얼마나 편안하게 생각을 했던지 고개를 끄덕거리며 졸다가 갑자기 아파서 소리를 지르며 잠에서 깼다. 제로가 소리 없이 프레디의 코에 내려앉아서 사납게 물어 버렸기 때문이었다.

"이건 또 다른 한 방이다, 돼지야."

화가 머리 끝까지 난 프레디의 머리로 급강하하면서 파리가 윙윙거렸다.

"이젠 날 가만 내버려두겠지? 난 잼은 먹지 않아. 그걸 먹으면 뚱뚱해져. 파리는 살찔 여유가 없어. 날갯짓이 느려지거든. 주변에 새와 말벌이 너무 많아 골치인데, 이제 돼지까지! 프레디, 너는 날개가 하나뿐인 앞 못 보는 파리 한 마리도 잡을 수 없어. 아무렴, 프레디 선생, 당신은……"

프레디는 화가 나서 미칠 지경이었지만 너무나 훌륭한 탐정이었기 때문에 이런 모욕에 신경을 쓰지 않았다. 오히려 제로의 말은 그에게 아이디어를 주었다.

프레디는 빠른 걸음으로 말벌 가족을 만나러 갔다. 가는 길에 프레디는 이따금씩 멈춰서 쓰라린 코를 시원한 잔디에 문질러야 했다. 이윽고 헛간 처마 밑에 새집을 짓고 있는 말벌 가족을 만나 이야기를 했다.

"우리에게 도움을 구하기에는 시기가 좋지 않은데……"

프레디가 원하는 바를 듣고는 아버지 말벌이 얘기했다.

"우리는 이 집을 손수 만들어야 하는데 낮이 점점 짧아지고 있어. 하지만 조지를 보내 주도록 하지. 애야, 조지!"

조지는 건장한 젊은 말벌이었다. 그는 집을 짓는 일에서 벗어나는 것이 무엇보다도 반갑기만 했다. 말벌은 식물의 잎 같은 것들을 씹어서 뱉은 후 그걸로 집을 짓는다. 조지는 하도

잎을 씹어 대서 턱이 뻐근해진 터였다. 조지는 프레디의 지시 사항을 듣고 나서 목초지로 날아갔다. 프레디는 조지를 뒤따라서 빠르게 걸어갔다.

그들이 목초지에 도착했을 때 보구스 부인은 보이지 않았다. 그제서야 프레디는 그녀에게 연못에서 나오라는 말을 하지 않았다는 걸 기억했다.

"이런, 맙소사."

그녀는 한 시간이 넘게 거기 앉아 있었다. 잼이 발려 있는 그녀의 까만 코는 마치 연못 위에 솟아 오른 독특한 섬처럼 보였다. 프레디는 조약돌을 던져서 보구스 부인을 나오게 한 뒤 그간의 일에 관해 설명했다.

보구스 부인은 화가 난 듯했다.

"넌 내게 미리 말해 줬어야 했어. 진흙 바닥에 앉아 추위 속에 할 수 있는 거라곤 떠는 것밖에 없지. 그건 정말 재미없어. 게다가 작은 물고기들은 간지럼을 태우지. 아마 넌 믿지 못할 거야. 이런! 감기에나 걸리지 않았으면 좋겠는데."

하지만 보구스 부인은 뜨거운 태양볕 덕분에 몸이 곧 따뜻해졌고, 프레디는 목초지로 그녀를 데리고 가서 상황을 지켜보았다. 얼마 지나지 않아 제로가 윙윙 거리며 보구스 부인을 따라갔다. 하지만 제로는 보구스 부인의 코에 앉자마자 말벌의 윙윙거리는 날갯짓 소리를 듣고는 급하게 코에서 밑으로 급강하했고, 말벌 조지가 그 뒤를 맹렬히 추격해 갔다. 마치 공중전을 벌이는 듯했다.

제로는 요리조리 날쌔게 잘도 피했다. 조지도 지지 않고 제로를 잡으려 했지만 소용이 없었다. 제로가 땅으로 내려가서는 돌 밑에 있는 작은 구멍을 피난처로 삼아 버렸기 때문이었다. 조지는 쫓아 들어가려고 했지만 구멍이 너무 작았다.

"내가 땅을 파서 나오게 해 볼게." 프레디가 말했다. "넌 여기 서서 제로를 다시 쫓기만 하면 돼."

프레디가 돌을 뒤집어엎자 제로가 윙윙거리며 다시 나왔다. 추격은 다시 계속되었다. 하지만 제로는 급강하해서 이번에는 헛간 초석의 틈새로 들어가 버렸다.

"이번에는 네가 뒤집을 수 없겠어." 조지가 말했다. "오늘은 이만 포기하는 편이 낫겠어. 나중에 내가 별로 할 일이 없을 때, 널 위해 벌레를 잡는 것보다 더 나은 게 없다 싶을 때 해 줄게. 하지만 지금은 집에 돌아가는 게 좋겠어. 더 늦으면 아버지가 싫어하실 거야."

"좀 기다려." 프레디가 말했다. "내게 생각이 있어. 내가 올 때까지만 좀 지키고 있어."

프레디는 곧 헛간에 살고 있는 거미 웹 부부를 데리고 왔다. 초석의 틈새를 거미줄로 막는 데는 별로 시간이 걸리지 않았다. 프레디는 곧 제로를 안전하고 빠르게 잡을 수 있었다. 말파리 제로는 거미줄에 발과 날개가 꽁꽁 묶여서 감옥으로 갔다.

프레디는 감옥에 여덟 마리의 죄수를 가두게 되었을 때는 매우 기뻤다. 하지만 제로가 잡힌 지 일주일도 안 돼 죄수가 서른네 명으로 늘자 별로 기분이 좋지 않았다.

"이해를 못하겠어." 프레디가 위긴스 부인에게 말했다. "아무래도 범죄의 물결이 이는 것 같아."

"그래. 이런 비율로 죄수가 늘게 된다면 감옥을 늘려야 할 것 같아." 위긴스 부인이 프레디의 말에 동의했다. "이러다가는 감옥 안에 있는 동물의 숫자가 밖에 있는 동물보다 많아지겠어."

프레디와 위긴스 부인이 목초지를 지나서 가고 있을 때 몇몇 수상한 동물들이 헛간 앞마당을 향해 가고 있었다. 맨 뒤에 따라가는 동물은 자애로워 보이는 젖소였는데, 감옥으로 가는 길을 물었다.

프레디가 감옥을 가리키며 말했다.

"제가 보기에는 아주머니의 가족이나 친구가 감옥에 있을 것 같지는 않은데요?"

"네, 없어요." 젖소 아주머니가 대답했다. "하지만 감옥에 불쌍한 동물들이 갇혀 있다는 소문을 들었어요. 그 이야기를 듣고 나니 동물들이 어찌나 불쌍하던지. 밖에 나와 신선한 공기를 마시면서 친구들과 어울리지 못하는 건 정말 잔인한 일이에요."

"그들이 제대로 행동했다면 감옥에 갇히는 일 따위는 없었을 거예요." 프레디가 말했다.

"오, 그래요, 나도 알고 있어요. 하지만 그렇다고 무조건 가두는 건 아주 나빠요. 안 그런가요? 그 일 때문에 난 너무 슬펐어요."

눈물이 그녀의 넓은 뺨을 타고 흘러내렸다.

"사실, 그들은 꽤 편한 시간을 보내고 있어요." 위긴스 부인이 끼어들었다. "게임도 하고, 뒹굴거리고 먹을 것도 많아요. 내 생각에는 그들에게 불쌍한 마음을 가질 필요는 없을 것 같군요."

"내가 바보 같다고 해 둡시다." 젖소 아주머니가 말했다. "하지만 난 언제나 그렇게 해 왔어요. 어느 누구라도 고통 당하는 사람을 보기만 하면 마음이 아파요. 인정 많은 편이 낫죠. 난 항상 그렇게 말해요. 너무 매몰찬 것보다 낫다고 말이에요. 그렇게 생각하지 않아요?"

"그렇죠." 프레디가 말했다. "하지만 난 죄수들에게까지 인정을 많이 베풀지는 않아요. 거친 놈들이거든요."

"그래요?" 젖소 아주머니가 말했다. "아마 당신이 옳을지도 모르죠. 하지만 난 그들을 편하게 해 줄 게 없는지 살펴보러 가 봐야겠어요. 난 누구든 불행한 건 두고 볼 수 없어요. 내 여기가 아파요."

젖소 아주머니는 오른쪽 앞발굽으로 왼쪽 옆구리를 두드리며 말했다. 젖소 아주머니가 가 버리자 프레디가 말했다.

"정에 약한 동물들이 감옥을 방문해서 죄수들에게 뭔가를 해 주고 싶어해. 감옥은 벌을 받으라고 있는 것이지 편하고 재미있게 즐기라고 있는 게 아닌데 말이야. 그들을 위해 울어 주고, 그들에게 집에서 먹던 것보다 좋은 음식을 가져다 줄 이유가 전혀 없어. 그런데, 도대체 넌 뭣 때문에 얼굴이 붉어진 거니?"

프레디가 놀라 위긴스 부인에게 물었다. 그리고 보니 위긴스 부인의 커다란 얼굴이 붉게 물들어 있었다.

여러분은 소의 얼굴이 붉어진 걸 단 한 번도 본 적이 없을 것이다. 사실 이런 일은 아주 드문 일이니까. 이렇게 된 데는 두 가지 이유가 있었다. 하나는, 소들은 아주 단순하다는 것이다. 그 때문에 얼굴이 붉어져야 할 때조차도 그렇게 되지 않는다. 전혀 느끼지 못하기 때문이었다. 여러분은 그들이 감수성이 부족하다고 생각할 것이다. 어떤 면에서는 그렇기도 하다. 그들은 감성적이지는 않으니까. 하지만 그들은 친절하고 마음씨가 곱다. 종종 무례한 듯 보일 때가 있는데 이때는 경솔하고 서툴다고 생각하는 편이 더 맞다.

다른 이유는, 소의 얼굴이 붉어지게끔 만들어지지 않았다는 것이다. 하지만 위긴스 부인의 경우는 자매들과는 달리 다른 쪽으로 재능이 있었다. 그래서 그녀가 멋지게 얼굴을 붉힐 수 있는 것이 놀랄 만한 일은 아니었다.

프레디가 말을 하는 동안 그녀의 얼굴은 더 붉게 물들었다.

"왜, 내가, 지금 네가 지금 말하는 것처럼 얼굴이 그래?" 위긴스 부인이 말을 더듬었다. "나도 알아, 네 말이 맞아. 하지만, 저, 프레디, 하여튼 고백하는데 나도 어제는 죄수들이 불쌍하더라고. 특히 그 두 마리의 염소는 더 그래. 개네들은 찜통 같은 외양간에서 더위에 고생하기보다는 언덕을 뛰어다녀야 하는 데 그럴 수 없잖아. 그래서 내가 저녁으로 좋은 엉겅퀴 한 다발을 가져다 주었어."

프레디가 얼굴을 찌푸렸다.

"그래, 바로 그거야. 바로 그거라고! 감상적인 생각, 그게 우리 감옥을 망치게 될 거야. 위긴스 부인, 당신은 분별력이 더 필요해요."

프레디의 말에 위긴스 부인은 조금 화가 났는지 딱딱하게 얘기했다.

"네 생각을 정확히 알고 있었다면 난 너랑 뜻을 같이했을 거야."

"감성적으로 되는 거? 그게 뭔지 알려줄게. 그건 주변을 둘러보고 누군가를 위해 혹은 어떤 것 때문에 울어 대는 거야. 그냥 우는 걸 즐기는 거라고. 너도 알겠지만 그 염소들은 좋은 행동을 하지 않았어. 넌 그런데도 그들에게 안쓰러운 마음을 가지고 좋은 시간을 보내기를 바라고 있다고."

위긴스 부인의 좋은 점은, 자신이 옳지 않다고 생각되면 언제나 잘못을 인정하는 것이었다. 위긴스 부인은 몇 분 동안 그 일에 관해 생각해 본 다음에 인정했다.

"그래, 네가 옳은 것 같아, 프레디. 다신 안 그럴게. 저런 맙소사, 저 토끼가 뭘 하려는 거야?"

프레디도 토끼가 무엇을 하는지 눈치챘다. 토끼는 비 온 뒤에 키가 부쩍 자란 풀밭에서 뛰어나오다가 그들을 보고는 방향을 바꾸었다. 그런 다음 빈 아저씨가 양배추, 무, 기타 채소들을 가꾸는 밭으로 유유히 들어가서는 양배추를 갉아먹기 시작했다. 그 밭에는 야채를 먹지 않는 다람쥐 대장이나 밭의 잡초를 뽑아내는 무리를 제외하고는 어떤 동물도 들어갈 수 없었다.

프레디는 평소와는 다른 토끼의 뻔뻔한 행동에 매우 놀랐다.

"이리 와, 이리 와!" 프레디가 소리치면서 토끼에게 뛰어갔다. "너, 뻔뻔한 놈! 넌 나랑 같이 가야겠다. 넌 체포됐어."

"네." 토끼는 순하게 말했다. "그럼 바로 감옥에 가는 거예

탐정 프레디

요?"

"감옥이라고?" 프레디가 말했다. "감옥에 가야 하긴 하지. 판사가 선고를 내리는 동시에 말야."

토끼는 이 말에 기뻐하는 듯했고, 입에 양배추 잎을 가득 머금은 채 좋아서 뛰었다.

"그만!" 프레디가 외치면서 토끼를 쫓아갔다. "도망가도 소용 없어. 조용히 따라오는 게 좋을 거야. 네가 그러면 상황은

더 나빠져."

"난 도망가려는 게 아니에요." 토끼가 말했다. "난 선고 받으러 양계장으로 가려던 중이었어요. 진짜예요."

프레디는 놀란 눈으로 토끼를 쳐다보았다. 프레디는 좀 이상한 생각이 들었다. 토끼가 말하는 건 사실이었다. 근데 벌을 빨리 받으려고 하다니 이해가 되지 않았다.

프레디가 말했다.

"참 이상한 애구나. 난 널 이해할 수가 없어. 넌 양배추를

훔쳐 먹었고, 법을 어겼어. 그리고 넌 지금 벌을 받으러 감옥에 보내질 거고."

"저도 알아요. 저도 나쁜 일을 했다는 거 잘 알고 있어요. 전 벌을 받아야만 한다고 생각해요. 제게 교훈이 되겠지요. 전 그런 짓을 하지 말아야 한다는 걸 알아야 하죠."

"흠, 넌 내가 할 말을 다하는구나. 그래 그게 사실이야. 네가 알고 있다니 기쁘구나. 네가 그렇게 생각하고 있다면 왜 양배추를 훔쳤는지 이해할 수가 없구나."

"그건 제가 말해 드릴 수 있어요." 토끼가 말했다. "하지만 그건 제가 선고를 받고 나서 얘기해 드리는 게 좋겠어요."

"그래. 그럼 내가 판사가 너에게 선고를 가능한 한 짧게 해 달라고 말할게. 네가 이런 일을 다시 하진 않을 거라고 생각하거든."

"아니에요, 다시 할지도 몰라요!" 토끼가 외쳤다. "전 이런 일을 자주 하거든요. 좋아질 가망이 없는 성격이에요. 진짜 그래요. 그러니까 벌 받는 기간을 아주 길게 주시는 게 좋을 거예요."

"이봐, 여길 봐!" 프레디가 날카롭게 말했다. "너 지금 나를 갖고 장난치는 거냐? 난 네가 나쁜 짓을 했고 또 스스로 벌을 받아야 한다고 생각한다는 걸 이해할 수 없다. 난 동물이든 사람이든 간에 자신이 죄값을 많이 받아야 한다고 생각하는 경우를 본 적이 없어. 자, 사실을 말해 봐."

일이 이렇게 되자 토끼는 주저앉아 울기 시작했다.

"오, 이런! 전 감옥에 가기가 쉬운 줄 알았어요. 전 뭔가 훔치면 될 거라고 생각했거든요. 전 감옥에 가고 싶었어요. 동물들은 거기서 즐거운 시간을 보낸다고 하더군요. 일하러 갈 필요도 없고, 하루 종일 게임을 하고 노래도 부른대요. 그리고 다른 동물들이 그들을 불쌍하게 생각해서 좋은 음식을 많이 가져다 준대요. 제발 프레디 아저씨, 날 판사에게 데려가서 벌을 받을 수 있도록 해 주세요."

"난 그런 식으로 친절할 수는 없단다." 프레디가 화가 나서 말했다. "그리고 더욱이 널 잡아갈 생각도 없어졌다. 네 귀를 한 대 때리는 걸로 끝낼 거야."

프레디가 귀를 때릴 때도 토끼는 그냥 맞고만 있었다.

"이제 집에 가도 된다. 네게 말해 주고 싶은 건, 감옥에 보내질 거라고 기대하면서 양배추를 훔치는 건 옳지 않다는 거야. 그러면 안 된다. 그게 좋지 않은 일이란 걸 알게 될 거야."

"그게 무슨 뜻이에요?" 토끼가 훌쩍거렸다.

"나도 모르겠다. 그게 뭔지 나도 잘 생각해 봐야겠다."

프레디는 그렇게 말한 다음 위긴스 부인이 기다리고 있는 곳으로 돌아왔다.

"이런 경우를 본 적이 있어?" 프레디가 소리쳤다. "이렇게 황당한 경우를 겪어 본 적이 있냐고!"

"들어 본 적은 있지." 위긴스 부인이 말했다. "말해 줄게,

프레디. 뭔가 이상하게 되어 가고 있어. 그것도 빨리. 우리,
찰스한테 가서 얘기를 좀 해 보자. 찰스는 뭔가 좋은 생각을
가지고 있을 거야."

# 8
# 사라진 판사

프레디와 위긴스 부인은 몹시 흥분한 상태로 양계장을 찾았다. 한 떼의 수줍음 많고 다리가 긴 젊은 암탉 자매들이 엄마인 헨리에타 주위에서 심부름을 하며 급하게 왔다갔다하고 있었다. 그중 나이가 많은 언니 암탉들은 꼬꼬댁거리며 여기저기 뛰어다녔는데, 부리에 물을 담아서 기절해 있는 동생들에게 물을 뿌리기도 했다. 다른 자매들은 허둥거리며 밖에 나가서 크게 꼬꼬댁 꼬꼬 소리를 냈다가 다시 허둥거리며 안쪽으로 들어왔다.

두 탐정은 처음에는 너무 소란한 탓에 아무런 대답을 듣지 못했다. 그러다 마침내 프레디는 더 이상 참지 못하고 닭들을 헤치고 안으로 들어갔다.

프레디는 헨리에타의 날개를 잡고 구석으로 끌고 갔다.

"자, 이제 말해 봐. 여긴 왜 이렇게 소란스러운 거야? 마음을 좀 가라앉히고 잘못된 게 뭔지 말해 봐."

헨리에타는 프레디가 누군지 알아보지 못하고 한동안 노려만 봤다. 그러다 갑자기 앞에 있는 동물이 프레디라는 걸 알고는 화가 폭발한 듯 울부짖었다.

"네가 어떻게 감히 여길 와, 이 철면피 돼지야. 점잔 빼면서 도도하게 들어오다니. 이게 다 너 때문이야. 너랑 너의 그 잘난 친구들이 찰스에게 판사가 얼마나 멋진 일인지 말했기 때문이란 말야! 일을 이렇게 만든 게 다 너 때문이야, 이 가짜 탐정, 고깃덩이야!"

프레디는 뒤로 약간 물러서서 부드럽게 말했다.

"이봐, 헨리에타, 나에 관해 얘기는 하지 말자고. 네가 말한 대로 내게 모든 책임이 있을지도 모르지만 우리에게 아무 도움 될 게 없다고. 그렇잖아? 난 무슨 일이 일어났는지도 아직 모르잖아."

헨리에타의 분노는 금방 사그라들었고 주저앉아 울기 시작했다.

"찰스가 사라졌어! 내 남편 찰스, 세상 어떤 암탉도 가져 본 적 없는 가장 좋은 남편이었는데! 이젠 나쁜 놈들이 갖게 됐어. 친절하고 점잖고 좋은 나의 찰스를 말야!"

상황이 심각해 보였기 때문에 프레디는 웃음을 억지로 참았다. 찰스가 옆에 있을 때 헨리에타는 찰스를 보고 멍청한 수탉이라고 말하며 들들 볶는 일 말고는 달리 한 일이 없었기 때문이었다.

닭장 밖에서 낄낄거리고 우르르 하는 이상한 소리가 났다. 프레디는 위긴스 부인의 웃음소리라는 걸 눈치챘다. 다행스럽게도 헨리에타는 그 소리를 듣지 못했다.

지금 이 순간 무엇보다도 중요한 건 찰스가 사라졌다는 사

실이었다. 찰스는 어제 오후 늦게부터 볼 수 없었다고 했다. 농장의 그 어떤 동물도 찰스를 본 적이 없다고 했다.

프레디는 찰스가 갈 만한 곳은 한 곳밖에 없다고 생각했다.

"아마 누굴 방문하러 갔을 거야. 거기 가서 밤새 지냈을 거라고."

헨리에타가 눈을 부릅떴다.

"감히 어딜 나가서 외박을 하고 온다고? 어디 한 번만 더 해 보라고 해!"

헨리에타는 그렇게 말하고는 다시 울기 시작했다.

"아니야, 찰스는 죽은 거야. 찰스가 감옥에 보낸 동물 중 하나가 앙갚음을 한 거야. 선고를 받고 나서 몇 명이 말했어. 감옥에서 나오기만 하면 가만 두지 않겠다고 말야. 그들이 나와서 찰스를 없애버린 거야. 이젠 찰스를 다신 볼 수 없을 거야! 가여운 찰스! 나의 충실한 남편!"

헨리에타는 히스테리를 부리며 푸더덕거리다가 주저앉았다. 프레디는 슬픔에 잠겨 밖으로 나왔다.

"가자." 프레디가 위긴스 부인에게 말했다. "헨리에타에게 더 해 줄 건 없는 것 같아. 우리가 빨리 알아보는 게 좋겠어. 근데 찰스는 도대체 어디 있을까?"

"어딘가에서 좋은 시간을 보내고 있겠지, 뭐. 근데 재미있다. 헨리에타는 열 시에서 일 분만 지나도 찰스의 눈을 쪼아대잖아."

"그래, 맞아. 그리고 그가 선고한 죄수 중에는 아직 나온 동물이 없어. 그러니 그럴 수 없지. 물론 독수리가 채 갔을 수는 있어. 아니면 도둑고양이랑 싸웠거나. 하지만 찰스가 허풍을 잘 떨고 자랑하기 좋아하긴 해도 그렇게 잡힐 정도로 멍청하진 않아. 꽤 영리한 편이거든. 아무래도 주변을 집중적으로 살펴보고 찾을 수 있는 건 다 찾아보는 게 좋겠어."

그래서 프레디와 위긴스 부인은 자신들을 도와주는 동물들과 함께 실종된 수탉에 관한 흔적을 찾기 위해 각각 흩어져서 질문을 했다. 하지만 그들이 저녁 늦게 다시 만났을 때까지도 아무것도 찾은 게 없었다. 찰스는 깃털조차 남기지 않고 연기처럼 사라져 버린 것이다.

다음 날 아침 일찍 프레디는 잔디에 이슬이 마르기도 전에 우리를 나섰다. 이 사건엔 탐정으로서의 명예가 걸려 있었다. 판사이자 저명 인사인 찰스를 빨리 찾아 내지 못한다면 아무도 탐정 사무소에 사건을 맡기려 하지 않을 것이다.

프레디는 커다란 소 울음 소리를 듣고 위긴스 부인을 만나기 위해 외양간을 향해 갔다. 그런데 그때 위긴스 부인이 벌써 프레디를 향해 전력 질주해 오고 있는 것이 보였다.

"나랑 같이 감옥에 가 봐야겠어." 위긴스 부인이 헐떡거리며 말했다. "네게 보여 줄 게 있어. 감옥에 가서 죄수의 수를 세어 보았어. 혹시나 죄수 중에 탈주범이 찰스를 살해했을지도 모른다고 생각했거든. 근데 누가 알았겠어? 어느 누구도 찰스의 선고에 대해 불만이 없는 거야. 오히려 그 반대였지. 얘기를 좀 들어 보라고."

프레디와 위긴스 부인이 감옥에 다가가자 웃고 떠들고 노래 부르고 서로 인사하는 소리가 들려왔다. 한크는 프레디와 위긴스 부인이 들어오자 피곤에 지친 눈으로 돌아보았다.

"너희가 이 일을 어떻게든 해결해 주었으면 좋겠어." 한크가 말했다. "난 여기에 감옥이 생기면 친구가 생길 거라고 좋아했어. 하지만 세상에, 하루 종일 이십사 시간 내내 친구를

원하는 사람이 어디 있겠니! 얘들은 밤새도록 논다고. 난 지
난 열흘간 눈 한번 붙여 보지 못했어."

프레디가 고개를 끄덕였다.

"그래, 우리가 정리를 좀 해야 할 것 같아. 이 감옥은 더 이
상 벌을 주는 곳이 아니게 되어 버렸으니까. 하지만 그 얘기
는 나중에 하도록 하자. 자, 내게 보여 줄 게 뭐였니?"

프레디가 위긴스 부인에게 물었다. 위긴스 부인은 아무 말

도 하지 않고 마구간의 다른 칸으로 그를 이끌고는 꺽쇠에서
나무 빗장을 꺼내 문을 열었다.

안에는 스무 명쯤 되는 동물들과 새들로 붐비고 있었다. 한
무리는 둥글게 앉아서 토끼 두 마리가 곡예를 하는 걸 구경하
고 있었고, 다른 무리는 머리를 맞대고 최근 유행하는 노래를
감정을 넣어 가며 부르고 있었다.

위긴스 부인은 앞발굽 하나를 들어올려서 세 번째 무리가

있는 곳을 가리켰다. 그 무리 가운데에는 열변을 토하고 있는 실종된 판사가 있었다.

"그만! 조용히 해!"

프레디가 소리치고 위긴스 부인은 바닥에 발을 굴러 주의를 집중시켰다.

"즐겁고 자유롭게 두시오!" 찰스가 웅변을 계속했다. 그러다가 방문객이 누군지 알아보고는 목소리가 작아졌다. 다들 고개를 돌리고는 노래를 그쳤다. 그리고 흩어져서 탐정 주위로 몰려들었다.

프레디는 그들 사이를 뚫고 찰스에게 다가갔다.

"이게 도대체 뭐야? 여기서 뭘 하고 있는 거야? 헨리에타가 반쯤 미쳐서 걱정하고 있는 것 모르니?"

"왜? 저, 난 감옥에 있는데." 찰스가 조금 주저하다가 설명했다. 그리고는 동료 죄수들이 쳐 대는 박수 소리에 용기를 얻었다. "헨리에타에겐 내가 정말 미안해하더라고 전해 줘. 하지만 난 육 주간의 형량을 받아야 해. 난 형량이 끝날 때까지는 집에 갈 수 없어."

"형량? 네가 어떻게 형벌을 받을 수 있어? 넌 판사잖아. 누가 네게 형량을 선고했는데?"

"판사가!" 찰스가 의기양양해서 말했다. "내가 판사니까 내가 나한테 선고했지!"

"뭐라고?"

"말해 줄게." 찰스는 이제 마음 편히 이야기하기 시작했다. "몇 년 전에 뭔가 훔친 적이 있어. 뭐 그게 뭐든 상관은 없지. 그런데 이번에 내가 판사로 뽑히고 만 거야. 난 예전에 저지른 일이 걱정되었지. 그래서 여기 온 거야. 죄값을 치러야 나도 떳떳하게 다른 동물들의 죄를 물을 수 있다고 생각했지. 판사라면 당연히 나 자신을 먼저 바로 세워야 하는 게 아냐? 정당한 일은 바로 그거였어. 내가 할 수 있는 정직하고 고귀한 행동은 바로 나 자신에게 벌을 주는 일이었어. 그래서 난 그렇게 했지. 지금 난 내 형량을 채우고 있는 중이야."

다른 죄수들이 박수를 보냈다. 하지만 프레디는 찰스를 못마땅하게 노려보았다.

"말도 안 돼!" 프레디가 소리 질렀다. "네가 왜 여기 있는지 말해 주지. 넌 헨리에타의 잔소리에 질려 버린 거야. 뭐, 그것에 관해서 내가 뭐라고 할 수는 없지. 나도 그런 건 딱 질색이니까 말야. 그래서 넌 집을 떠나 좋은 시간을 보낼 만한 구실을 생각해 낸 거야. 하지만 이렇게 도망갈 수는 없어, 찰스. 이건 감옥이야. 놀고 먹는 클럽이 아니라고. 이건……."

"하지만 난 뭔가 훔쳤어. 말했잖아." 찰스는 계속 우겨 댔다. "난 죄값을 받아야 해. 난 못 나가."

"넌 나갈 수 있고 또 나가야만 해. 넌 평생 동안 뭘 훔친 적이 없어. 그리고 네가 감옥에 갇혀 있으면 판사로서의 일은 어떻게 할 거니?"

"내가 왜 못하는지 모르겠네." 찰스가 반문했다. "피고를 이리로 데려와. 예전과 같이 선고를 내릴 수 있으니까. 내가 못할 것 같니?"

"그럼, 넌 못해." 위긴스 부인이 끼어들었다. "자, 가자. 헨리에타가 널 기다려."

"난 안 갈 거야." 찰스가 말했다.

프레디는 위긴스 부인을 돌아보고 다른 동물들 몰래 윙크

를 했다. 프레디가 말했다.

"그래, 그렇다면야 찰스를 여기에 두도록 하지 뭐. 우린 다른 판사를 뽑아야겠어. 그럼 간단하겠네. 피터를 데리러 가자. 이 일을 알게 되면 더 많은 동물들이 피터가 더 나은 판사가 될 거라고 생각할 거야."

이 말을 들은 찰스는 마음이 불편해서 이리 뛰고 저리 뛰며 소리쳤다.

"그럼 안 돼! 넌 그럴 수 없어! 내가 뽑혔다고. 나를 그런

식으로 내쫓을 수는 없어!"

"오! 우리가 못할 것 같니?" 프레디가 말했다. "판사가 감옥에 가게 되면 판사 자리는 당연히 잃게 되는 걸 몰랐단 말야? 우린 널 몰아낼 필요도 없어. 넌 그냥 쫓겨난 거야. 물론 네가 그건 실수였다고 말하고 선고했던 걸 되돌린다면 다시 그 자리로 돌아갈 수 있지."

수탉 찰스는 몇 분 동안 기가 죽어 조용히 생각에 잠겼다. 찰스는 감옥에서 즐거운 시간을 보내고 있었지만 다른 한편으로 생각하면 감옥에서는 그저 죄수들 중 한 명일 뿐이었다. 하지만 밖에 나가면 그는 남들이 우러러보고 존경하는 판사였다. 하지만 헨리에타는 어쩐다지? 찰스는 헨리에타에게로 가서 이 사건을 좋게 해결할 방안이 없었다. 그녀가 뭐라고 할까? 생각만 해도 온몸이 떨렸다.

"이봐. 헨리에타는 지금 몹시 조바심이 나 있어. 그녀가 괴로워하기를 바라는 건 아니겠지? 널 무척 보고 싶어 해."

그리고는 헨리에타가 찰스에 대해 얼마나 좋은 남편이고 고귀한 성품을 가진 수탉이라고 말했는지 얘기해 주었다.

찰스가 재빨리 고개를 들었다.

"정말 그렇게 말했어?"

"진짜 그랬다니까." 위긴스 부인이 대답했다.

"그렇다면 아무래도 집에 가는 게 좋겠어."

찰스는 풀이 죽어 문 밖으로 나섰고, 마지 못해 닭장으로 갔다.

그날 밤, 프레디와 위긴스 부인은 탐정 일을 하면서 직면한 새로운 문제점에 관해 얘기하며 목초지를 가로질러 느릿느릿 걸어갔다. 닭장에서는 화가 나서 꼬꼬댁거리고 빠르게 재잘거리는 헨리에타의 목소리, 뭔가 쪼아 대는 소리, 그리고 종종 찰스의 날카로운 비명이 들렸다. 프레디와 위긴스 부인은 그 소리를 듣고 서로 쳐다보면서 웃다가 다시 걷기 시작했다.

"우리에게 정말 굉장한 농담거리가 생겼네. 실종된 수탉을 찾고 있었는데, 그는 아무도 찾아보지 않은 단 한곳, 감옥에 계속 있었다."

"그리고 우리가 찾았고." 위긴스 부인이 흡족한 듯 말했다. "그들이 어디에 있든 우린 그들을 찾는다네."

닭장에서 들려오는 찰스의 비명 소리에 프레디는 꽤 많이 웃었다.

"오늘밤 판사를 찾는 데는 별 어려움이 없었지? 찰스의 외박은 이번이 마지막이 될 거야."

"아침이 되면 찰스는 꼬리 깃털이 하나도 남아 있지 않을 걸."

위긴스 부인이 말했다.

# 9
## 징크스가 기소되다

    탐정 사무소에 맡겨진 모든 사건들은 성공적으로 마무리되었지만, 프레디는 두 가지 일 때문에 괴로워하고 있었다.

    하나는 시궁쥐들이 헛간에 계속 살고 있다는 것이었다. 이 시궁쥐들은 이미 기차로 다음 겨울을 나고도 남을 만큼의 곡식을 충분히 훔쳐 놓았기 때문에, 언제나 징크스가 지키고 앉아 있는 쥐구멍 밖으로는 나올 생각도 않고 있었다.

    그리고 다른 하나는 아직도 은둔자의 집에서 살고 있는 두 명의 강도에 관한 일이었다. 프레디는 그들을 법으로 처단할 방법을 아직 생각해 내지 못하고 있었다. 생쥐 아우구스투스가 강도들이 머물고 있는 집에서 살기를 자청하고 나섰다.

    생쥐가 가지고 온 소식은 아주 불안한 것들이었다. 강도들은 낮에는 잠을 자거나 굴뚝에 총을 쏴 대거나 옷을 수선하면서 시간을 보냈다. 하지만 밤이 되면 매일밤 차를 타고 나가서는 이른 아침에 커다란 돈 뭉치를 들고 돌아왔다. 훔쳐 온 돈은 오래된 여행용 가방에 넣어서 다락에 보관했다.

강도들은 모든 일을 스스로 알아서 했다. 심지어는 옷도 만들어 입는다고 했다. 하지만 집안 관리는 영 엉망이었다. 아우구스투스는 빈 아줌마의 깔끔한 살림살이에 익숙해져 있었기 때문에 더욱 그렇게 느꼈다.

"으윽, 지저분해." 아우구스투스가 말했다. "더럽다는 말로도 안 돼! 바닥은 빵 부스러기 투성이고, 소파의 솜이 밖으로 삐죽삐죽 나와 있고, 부엌 개수대는 더러운 접시들로 가득 차 있어. 그리고 창문 커튼은 온통 검정이야! 네가 봤다면 대단하다고 그랬을 것 같아!"

아우구스투스는 여행용 가방의 뒷부분을 쏠아서 구멍을 내고 돈뭉치를 빼내 프레디에게 가져다 주었다. 프레디는 쥐를 한떼 데리고 가서 밤중에 돈 뭉치를 모두 꺼내는 것이 제일 쉬울 것 같다고 생각했다. 하지만 그 돈을 어디서 훔쳐 왔는지 모르고 또 되돌려줄 수가 없기 때문에 그렇게 하는 것은 별 의미가 없다는 생각이 들었다. 그리고 확실한 것은, 돼지 우리는 그 돈을 놓아둘 장소가 못 된다는 것이었다. 하지만 프레디는 아우구스투스가 가져온 돈뭉치는 보관하기로 했다. 언젠가 단서를 찾아서 강도들을 체포하고 돈을 돌려주기를 기대하고 있었다.

어느 날 아침, 프레디는 사무실에 앉아 있다가 누군가 길 반대편에 마차를 세우는 소리가 나자 창문 밖을 보았다. 두 사람이 머리를 숙여 프레디의 탐정 사무소 간판을 읽고 있었다.

마차를 모는 사람은 센터보로 가까이 살고 있는 보안관이었다. 회색 턱수염을 가진 보안관의 가슴에는 보안관 표시인 은색 별이 달려 있었다. 프레디는 예전부터 보안관을 잘 알고 있었다. 그가 프레디의 먼 친척 돼지들을 키우고 있었기 때문이었다. 다른 사람은 경관과는 좀 다른 모습을 하고 있었다. 딱딱한 얼굴에 담배 꽁초를 너무 세게 물고 있어서 그런지 마치 담배가 그의 얼굴의 한 부분처럼 보였다.

"당신에게는 좀 우습게 보이겠군요." 보안관이 말하고 있었다. "당신은 도시에서 자라 도시 생활밖에 모를 테니까요. 이 동물들은 달라요. 겨울에는 플로리다까지 여행도 다녀왔고 누가 해야 할 일을 정해 주지 않아도 스스로 알아서 일을 한답니다. 그리고 농장 주인 빈 씨의 말로는 글을 읽지 못하는 동물이 하나도 없다는 거예요."

"흥!" 딱딱한 얼굴을 가진 사람은 정이 싹 떨어질 정도로 쌀쌀맞게 소리쳤다. 그 바람에 손에 든 담배 꽁초가 떨어질 뻔했다. "그런 말도 안 되는 소리를 듣는 것은 난생 처음이오! 시골뜨기들은 아무거나 믿는단 말야. 당신은 나보고 어떤 동물이든 읽는 걸 배울 수 있고, 탐정 일을 하고, 간판을 내다 걸 수 있다는 걸 믿으란 말이오? 그럼 그들을 위해 누가 이 간판을 만들었소? 설마 이것도 동물들이 했다고 말할 거요?"

"그럼요, 그들이 만들었어요!" 보안관이 대답했다. "이 동물들은 내가 아는 어떤 사람보다는 훨씬 영리합니다."

"그거 날 두고 하는 말이오?" 그가 험악하게 말했다.

"난 어떤 이름도 말하지 않았소." 보안관이 말했다. "난 이런 걸로 당신과 다투고 싶은 생각이 없소이다. 내가 말한 모든 게 그저 내 고집이라고 쳐도 강도들을 잡는 데 농장 동물들의 도움을 받을 거요. 물론 당신이 총책임자요. 이 사건이 당신 담당인 한은 말이오. 하지만 당신은 도시 탐정이오. 내 말뜻은 도시 탐정을 못 믿겠다는 뜻이 아니오. 난 당신에 대해서 아는 게 없지만 당신은 좋은 사람일 거요. 그런데 도시에서 탐정 일을 하는 것과 시골에서 탐정을 하는 것은 성질이 다르오. 난 이 시골에서 꽤 괜찮은 보안관이라고 인정받는다오. 하지만 도시에서는 별로 쓸모가 있을 것 같지 않구려. 도시적인 방법을 모르니 말이오. 마찬가지로 당신도 시골 방식을 모른다는 말이오. 그게 내가 말하고 싶은 ……"

"당신은 너무 말이 많군." 탐정이 함부로 말을 끊고 말했다. "당신이 그렇게 영리하다면 왜 잡지 못했소?"

"같은 이유로 당신도 못하지 않았소?" 보안관이 조용히 대꾸했다. "난 꽤 영리한 편은 아니오. 나만 그렇게 말할 게 아니라 당신도 그렇게 말해야 할 것 같군요. 난 내가 도움을 얻을 만한 곳에 가서 도움을 청할 거요. 돼지가 도움이 된다면 돼지를 부를 거요."

"돼지에게 도움을 받겠다고?" 탐정은 그렇게 외치다가 실수로 담배 끝부분을 뭉텅 씹었다. 속이 메스꺼워졌지만 체면을 차리기 좋아하는 그는 내색을 하지 않았다.

그때까지 얘기를 듣고 있던 프레디는 이쯤 해서 모습을 나타내기로 했다. 그래서 사무실에서 어슬렁어슬렁 나와 울타리까지 걸어가서는 사람들이 하는 것처럼 앞발을 위쪽 가로대에 걸치고 뒷다리로 서서 마차에 타고 있는 두 사람을 호기심에 찬 얼굴로 쳐다보았다.

도시에서 온 탐정은 깜짝 놀라서 그만 담배를 삼키고 말았다. 담배 꽁초가 목을 통과하면서 꽤 큰 고통이 느껴졌다. 그래서 말을 할 수 있기까지는 몇 분이 걸렸다. 몇 분 뒤에 탐정이 프레디를 가리키며 쉰 목소리로 말했다.

"저건 뭐요?"

"그들 중 하나라오. 내가 말했던 바로 그 돼지인데." 보안관이 마차 밖으로 몸을 기울이고는 말했다. "어이, 프레디? 탐정이 되었다며? 그렇지?"

프레디가 그냥 말없이 고개를 끄덕이자 탐정은 또 한번 놀라 숨을 헐떡거렸다.

"네 도움이 필요한 사건이 생겼어." 보안관이 말을 계속했다. "이리 와. 저 나무 밑에 앉아서 얘기하자."

보안관은 마차에서 내렸다. 프레디가 울타리를 넘어가자 그들을 보고 놀란 탐정은 한동안 눈을 부릅뜨고 있더니 마차에서 내려 프레디와 보안관 곁으로 갔다.

"이쪽이야." 보안관이 말했다. "요즘 이 근방에 강도들이 들끓는단다. 강도들은 읍내 근처에 있는 은행과 가게를 대부

분 다 털었단다. 우린 지금 그게 누군지조차 모른단다. 지금까지 단서조차 못 찾았어. 그들이 항상 고무로 된 덧신을 신는다는 것과, 차를 몰고 다니는데 뒷바퀴 하나가 흔들거린다는 것밖에는 말이지. 이제 사람들은 밤에도 일터를 떠나지 못하고 있단다. 도둑맞을지도 모른다는 생각에서 말이야. 그래서 사업을 하는 대부분의 사람들이 밤에도 엽총과 권총을 들고 밤새도록 도둑을 지키고 있단다. 그래, 맞아. 프레디, 상황

이 점점 나빠지고 있어. 너도 봐서 알겠지만, 사업하는 사람들이 사업을 해야 할 낮에 밀려드는 졸음을 참지 못해 고통을 겪고 있어. 너도 아마 계산대 뒤에서 잠에 빠진 사람들을 볼 수 있었을 거야. 잠이 너무 부족해서 사업하는 게 힘들어졌어. 이건 단지 이 사건의 나쁜 점 가운데 하나일 뿐이야. 시도 때도 없이 잠에 곯아떨어지게 되면서 사고가 많이 일어났어. 어제만 해도 내 남동생이 냉동고에 먹을 게 없나 하고 들여다보다가 그냥 곯아떨어진 거야. 얼음 위에 얼굴을 묻고 잠이 들었는데 한 시간이나 지난 뒤에 우리가 그애를 찾았지 뭐냐. 두 귀가 얼어 버렸더라고. 이게 말이 돼? 한여름에 딱딱하게 얼어 버리다니 말야. 똑똑 치기만 해도 크래커처럼 부서져 버릴 것 같았어. 물론 우린 조심했지. 우린 천천히 귀를 녹였고, 시간이 지나자 다시 정상으로 돌아왔어."

보안관은 말을 계속했다.

"또 다른 사건은 윈치 영감님 이야기야. 그 영감님이 큰 길을 따라 운전해 가다가 잠이 든 거야. 차가 홀콤 하우스의 현관으로 돌진하는 바람에 거기 놓여 있던 흔들의자 네 개가 완전히 박살이 나 버렸어. 뭐 그 정도였던 게 사실 다행이라고 할 수 있지만 말이야. 그때 홀콤 양이 의자 하나에 앉아 있었거든. 홀콤 양은 엄청 화가 났지. 근데 이런 일이 여기저기에서 일어나고 있단다. 네게 말하고 싶은 건, 우리의 능력은 여기서 끝이라는 거야. 우린 강도들의 머리카락 하나도 찾지 못했어. 심지어 뉴욕에서 전문 탐정도 불렀다고. 아, 참, 그를 소개한다는 걸 잊었네. 여기는 보너 씨, 이쪽은 프레디."

프레디는 예절 바르게 인사를 했지만 탐정은 얼굴을 찌푸렸다.

"난 돼지하고는 악수를 안 할 거요." 탐정이 투덜거렸다.

"맘대로 하쇼." 보안관은 이렇게 말하고는 프레디에게 윙크를 했다. "돼지든 아니든, 프레디는 대통령과도 악수했소. 그러니 당신보다 훨씬 낫지. 내가 보장한다고."

"이제 일 좀 시작합시다!" 보너 씨가 소릴 질렀다.

"시간은 충분해요." 보안관이 대꾸했다. "특별하게 정해 놓고 가는 것도 아닌데 뭘 그러쇼?"

그러면서 보안관은 프레디에게로 돌아앉았다.

"내 생각에는 말야, 네가 탐정 일을 시작한 것 같던데, 우리를 기꺼이 도와주겠지? 네가 어떻게 도울지는 잘 모르겠지만 아주 난처한 상황이거든. 너라면 어떻게 하겠니?"

"돼지가 말도 합니까?"

보너 씨가 놀라서 묻자 보안관이 곧바로 대꾸했다.

"물론 못해요! 누가 돼지가 말하는 거 들은 적 있습니까?!"

"뭐, 그거야. 당신이 하는 말을 모두 알아들을 수 있다고 당신이 말했으니까."

탐정의 말도 조리에 맞지 않는 건 아니었다.

"그건 사정이 달라요." 보안관이 말했다.

보안관과 탐정이 말다툼을 벌이는 동안 프레디는 아우구스투스가 은둔자의 집에 있던 여행용 가방에서 가져온 돈 뭉치를 갖고 돌아왔다. 보안관과 탐정은 그걸 보자마자 매우 흥분했다. 돈 뭉치를 열심히 살피고 난 뒤 보안관이 프레디에게 말했다.

"이건 허비의 철물점에서 나온 거야. 지난달에 도둑맞은 건데. 네가 말할 수 있다면 얼마나 좋겠니! 이런 돈이 있는 곳을 알고 있니?"

프레디가 끄덕였다.

"우리를 거기로 데려가 줄 수 있어?"

하지만 이번에는 프레디가 고개를 좌우로 흔들었다. 그들을 데려간다면 강도를 잡은 영광은 모두 그들에게 돌아갈 것이 뻔했기 때문이었다.

프레디는 강도를 스스로 잡기로 했다. 보안관과 탐정이 얘기하는 동안 프레디는 계획을 세웠다. 아주 좋은 생각이라는 확신이 들어 실천에 옮기기로 했다. 만일 실패한다면 그때 가서 보안관을 부르면 될 것이다.

보안관은 프레디의 거절에 매우 난처해졌다. 그래서 프레디를 구슬르기 시작했다.

"얘, 프레디, 넌 우릴 돕고 싶지, 안 그래?"

프레디는 고개를 끄덕였다.

"하지만 넌 우리에게 나머지 돈이 있는 곳을 보여 주고 싶지는 않은 거고?"

프레디는 고개를 끄덕였다.

"넌 그걸 제자리로 돌려 놓을 계획을 갖고 있다는 거구나?"

프레디는 이번에는 강조하는 듯 고개를 세게 흔들었다.

"이제 알았죠?" 보안관이 보너 씨를 향해 말했다. "프레디가 우리를 도와줄 거예요. 하지만 자기만의 방식으로 일을 할 거라는군요. 그를 보고 뭐라고 할 수는 없지요."

"말도 안 돼요!" 탐정이 화가 나서 외쳤다. "나도 프레디와 말 좀 해 봅시다."

탐정이 프레디에게로 다가왔지만 프레디는 그보다 훨씬 빨랐다. 프레디는 울타리를 빠르게 기어 올라갔다. 보너 씨가 쫓아 올라가자 보안관이 그의 팔을 잡았다.

"그런 식으로는 어디도 못 갑니다. 그냥 내버려둬요. 우리를 도와준다고 했으니 그렇게 할 거요. 난 이 동물들을 알아요."

"어련하시겠소." 보너 씨가 투덜거렸다. "왜 아예 동물들이랑 어울려서 우리에서 살지 그러쇼? 난 손을 뗄 테니까 말이오. 갈 때가 되면 알려 주시오."

보너 씨는 그렇게 말하고 나서 마차에 올라 담배에 불을 붙였다.

"그럼, 프레디, 넌 네 방식대로 해야 한다는 거지? 그럼 난 모레 여기로 다시 올게. 내게 알려줄 게 있으면 너도 여기로 와. 혹시 그 전에 내게 뭔가 알려 주고 싶은 게 있으면 날 찾아와. 최선을 다해 줘. 네가 이 악당들을 잡는 걸 도와줄 수 있다면 정말 고마워할 거야. 알고 있는지 모르겠는데 이놈들을 잡으면 보상금이 오천 달러야. 네가 잡게 되면 네 이름이 신문에 대문짝만 하게 나오게 될 거야. 네게 기대 많이 할게. 그럼, 이만. 안녕!"

두 사람이 떠나자마자 프레디는 준비 작업을 시작했다. 프레디는 여러분이 나중에 듣게 될 계획을 연필과 종이를 가지고 그려 나갔다. 하지만 은둔자의 집을 방문하려면 변장이 필요했다. 예전에 거기 갔을 때 잡힐 뻔했던 기억이 생생하기 때문이었다. 탐정들은 변장을 자주 한다. 프레디는 지금까지 한 번도 변장을 해 본 경험이 없었지만, 작업복과 가짜 수염 등의 변장 도구들을 넣어 두는 꽤 큰 장을 갖고 있었다. 프레디는 가짜 턱수염, 파이프, 셜록 홈즈가 쓰는 것과 비슷한 챙이 있고 뒷부분에는 귀 덮개가 달려 있는 모자, 빈 아저씨의 오래된 양복을 꺼냈다. 양복은 전체적으로 잘 맞았으나 다리부분이 세 배나 길었다.

프레디는 파이프를 입에 물고 모자를 눈이 덮이도록 끌어내려 쓰고는 뒷다리로 걸었다. 프레디는 코가 매우 길고 키는 매우 작은 떠돌이로 보여야 할 것 같았다. 사무실에는 거울이 없었기 때문에 집으로 가서 빈 아줌마의 거울을 보기로 했다. 프레디는 겸사겸사 몇몇 친구들에게 자신의 변장 효과를 알

탐정 프레디

아보기로 했다.

프레디는 항상 북적이던 헛간 앞마당에 동물이 없는 걸 보고 놀랐다. 프레디는 이제 헛간 앞마당을 가로질러 가서 뒷문을 두드렸다.

빈 아줌마가 예의 바르게 말했다.

"안녕하세요? 무슨 일로 오셨지요?"

프레디는 모자를 어색하게 한번 만지고는 아줌마를 스치고 지나 부엌을 가로지른 뒤 뒷계단을 오르기 시작했다. 빈 아줌마는 변장한 프레디를 보고 놀라서 소릴 질렀다.

"이것 봐요, 젊은이!"

하지만 그 순간 프레디는 슬픔에 빠졌다. 오랜 연습 끝에 뒷다리로 걷는 것은 배웠으나 계단을 오르는 것은 배우지 못했던 것이다. 네 번째 계단에서 그만 균형을 잃고 굴러 떨어졌다. 빈 아줌마가 잠시 쳐다보다가 웃음을 터뜨렸다.

"이런, 프레디, 너였구나! 잠시 동안 네가 떠돌이인 줄 알았다. 아마 이건 탐정의 눈속임 중 하나겠지? 동물들이 다음번에는 무슨 일을 하게 될지 몰라!"

아줌마는 프레디가 떨어뜨린 파이프를 건네 주었다.

"세상에! 그 양복을 입으니까 빈 아저씨 동생이라고 해도 믿겠다. 너의 길지 않은 다리와 턱수염이 없는 걸 빼면 말이지."

빈 아줌마는 프레디의 등을 두드려 주고는 뜨개질을 하러 갔다. 프레디는 네 다리로 계단을 올라가서 침실 앞에 있는 커다란 거울에 자신의 차림새를 비춰 보고 스스로 감탄했다. 거울 앞에서 이리 보고 저리 보고, 모자랑 파이프를 다른 각도로 쓰거나 물어 보고, 고개를 끄덕여 보기도 하고 인사도 해 보았다. 프레디는 만족해하면서 작은 소리로 꿀꿀거렸다.

그런데 그 순간 프레디는 이상한 소리를 듣고 재빨리 돌아보았다. 누군가가 킬킬거리고 있는 것 같았다. 하지만 아무도

보이지 않아 혼자 만족해하며 돌아가려고 했다. 그런데 또 다시 웃는 소리가 들렸다. 이번에는 실수로 하는 킬킬거림이 아니었다.

프레디는 침대 밑을 보았다. 그의 코 끝에서 일 인치도 안되는 곳에 징크스의 웃는 얼굴이 있었다. 그는 거기서 계속 프레디를 보고 있었던 것이다.

아무런 행동을 하지 않았다고 해도 혼자 있다고 생각했는

데 누군가 나를 지켜보고 있다는 걸 갑자기 알게 되는 건 정말 당황스러운 일이다. 프레디는 거울 앞에서 한 행동이 매우 멍청하게 보였을 거라는 걸 잘 알고 있었다. 그래서 화가 나서 징크스에게 따졌다.

"여기서 뭐하니? 시궁쥐들이나 지키고 있지, 왜 몰래 따라다니며 스파이짓을 하는 거냐고."

징크스는 항상 프레디가 놀랄 때마다 더욱 놀려 대며 크게 웃곤 했었다. 그러나 지금 징크스는 웃는 대신 침대 밑에서 나와서 순하게 말했다.

"미안해, 프레디. 너도 알겠지만 네 모습이 너무 웃겨서 그랬어. 그리고 난 너를 정탐한 게 아니야. 난 그냥 숨어 있었어. 다른 애들이 나를 쫓아온 거라고."

"누가 네 뒤를 쫓아?"

"못 들었어? 경찰이 나를 쫓고 있어. 아니, 로버트와 조크까지. 프레디, 어떻게 해야 할지 모르겠어. 난 감옥에 가기 싫거든. 밖에서 지내는 것보다 감옥 안에서 지내는 게 훨씬 좋다는 거 들어서 알고 있어. 하지만 지금은 갈 수 없……."

"도대체 무슨 소리를 하는 거야?"

프레디가 말을 끊고 물었다.

"넌 듣지 못했나 보구나. 그럼 말해 줄게. 적어도 내가 아는 만큼이라도. 그래서 네 도움이 필요해. 너도 알지? 시궁쥐들에게서 되찾아 온 기차를 에버렛에게 돌려 준 이후 지난 몇

주 동안 난 거의 모든 시간을 헛간 다락에서 보내면서 곡물 상자를 지켰다는 거 말야. 시궁쥐들은 헛간 밑 구멍에 겨울 내내 지낼 수 있을 만한 곡식을 충분히 쌓아 두고 있다고 말하면서도 자기들이 갈 수 있는 모든 길을 가 보려고 시도하더군. 그런데 난 그 말을 별로 믿지 않았어. 그들이 갖고 있던 곡식이 바닥나면 그들은 헛간을 떠나 숲으로 돌아가야만 한다고 생각했거든."

"그게 사이먼 영감을 꽤 기분 나쁘게 만들었겠구나."

"그래, 바로 그래서 내가 그 일에 매달려 있어. 그 영감은 이 근방에서 누가 대장인지 보여 주려고 할 거야. 하지만 내가 감옥에 가야 한다면 그와 그 가족들은 원하는 만큼 곡식을 가져다가 먹을 수 있다고. 난 감옥에 못 가, 프레디!"

"근데, 왜 감옥에 가야 하는 건데?" 궁금해진 프레디가 물었다. "넌 아무 일도 하지 않았잖아, 혹시?"

"물론 난 하지 않았어. 하지만 내 말 좀 들어 봐. 정오가 되면 난 헛간을 떠나 집으로 점심을 먹으러 가. 그런데 점심을 먹고 다시 돌아왔을 때, 난 언제나 앉는 다락의 한 구석에서 뭔가 내가 남겨 놓지 않은 걸 발견했어. 난 그게 뭔지 보려고 갔지. 거기 뭐가 있었을 것 같아? 누군가 까마귀를 잡아먹고는 발톱하고 깃털만 남겨 놓았더라고."

"저런, 맙소사!" 프레디가 말했다.

"내가 말한 게 다야." 징크스가 말을 계속했다. "그리고는 거기 서서 그들을 봤지. 그리고는 그들이 어떻게 거기 있게 되었는지 생각해 봤어. 근데 너도 알지? 저번에 찰스가 판사로 뽑히던 날 토마토 던진 걸 절대 용서하지 않는 거 말야. 횟대에 앉은 찰스가 으스대며 몇 번 기침을 하고는 말하더라고. '하, 그 말이 진짜였군, 안 그래? 이건 아주 중대한 사건이야, 징크스.' 또 찰스가 말했지. '이 일에는 어떤 설명이 좀 필요할 것 같군.' 그래서 내가 말했어. '그래, 찰스, 설명할 수 있다면 네가 말해 보지 그래. 나로선 알 수 없는 일이거든.'"

징크스가 말을 계속했다.

"'오, 그러셔?' 찰스가 아주 빈정대면서 말했어. '이 일은 누가 봐도 다 알 수 있는걸, 징크스. 그래, 이건 누가 봐도 한눈에 알 수 있어.' 내가 '괜한 소리 집어치워, 찰스.여기로 돌아왔더니 누군가 이 까마귀를 먹고 난…' 하고 말하는데 '그랬더니 '누군가!' 하면서 찰스가 내 말을 끊었어. 그리고는 비열하게 웃어 댔지. '누군가! 하하, 그것 참 편한 말이군.' 걔가 나를 너무 화나게 만들어서 하마터면 찰스를 때릴 뻔했어. 하지만 화를 참았지. '이것 봐, 찰스. 넌 내가 이 일에 관해 아무것도 할 일이 없을 거라고 생각하니? 그래? 그런 거야? 제기랄, 넌 도둑고양이조차도 까마귀는 먹지 못한다는 사실을 알아야 해.' 그런데 찰스는 '그들이 닭을 잡아먹는다는 건 알려져 있지' 하면서 의미 심장하게 말했어. '하지만 난 네가 두렵지 않아, 징크스. 네게 경고하겠는데 어떤 폭력도 쓰지 않는 게 좋을 거야. 조크와 로버트를 불렀거든. 네가 내 앞에서 앞발을 들기만 하면 난 부르기만 하면 돼. 여기에 몇 초 뒤면 도착할 거야.'"

징크스는 잠시 프레디를 쳐다보았다.

"그래서 프레디, 내 친구라고 여겨 왔던 찰스에게서 거드름 피는 말을 듣고 있자니 정말 미치겠더군. 거기에 만일 내가 알지 못하는 뭔가가 있다면 난 찰스가 인생을 공포 속에서 보내도록 만들 거야. 하지만 난 이성적으로 행동하려고 했지. '이것 봐, 찰스. 그런 얘기는 정말 멍청해. 난 어떤 종류건 새를 좇아 본 적이 없어. 먹는 건 말할 것도 없고 말야. 너도 알고 있을 텐데? 내가 여기서 까마귀를 발견한 건 점심을 먹고 왔을 때였어. 자, 이제 좀 분별력을 갖고 이 일이 다 뭔지 말해 줘.' 그렇게 말하고는 그를 피해 나왔어. 찰스가 이 일에 별로 호의적이지 않았지만 말야. 아무래도 내가 점심을 먹고 있는 동안 젊은 시궁쥐 하나가 헛간에서 빠져나와서 닭장으로 가서는 찰스에게 지금 바로 경찰을 부르라고 한 것 같아. 찰스가 나에게 이 까마귀를 잡아서 헛간에서 먹었다고 했거든. 물론 찰스가 왔을 때 난 그 까마귀랑 거기에 같이 있었지. 찰스는 내가 그런 일을 하지 않았다는 걸 잘 알고 있지만 토마토 사건 때문에 나를 감옥에 넣기로 한 거야. 그래서 난 거기 앉아 조크와 로버트가 올 때까지 기다리지 않았어. 개들은 문에 서서 기다리고 있었지. 난 계단을 뛰어내려와서 한크의 마구간 창문을 통해 나와서 너를 만나기 전까지 여기에 숨어 있었던 거야. 프레디, 넌 날 위해서 이 사건의 진상을 규명해 줘야 해."

프레디가 대답했다.

"그럼, 우린 진상 규명을 해야지. 하지만 시간이 좀 걸릴 것 같아. 내가 보기에는 시궁쥐들이 작당해서 너를 감옥에 보내 놓고 곡식을 원하는 만큼 훔치려고 하는 것 같아."

"그래, 바로 그거야. 하지만 내가 뭘 할 수 있겠어? 난 침대 밑에 숨어 있는 게 아니라 헛간에 있어야 하는데 말야."

"넌 여기서 잠깐만 더 있어." 프레디가 말했다. "난 내려가서 어떤 단서를 찾을 수 있는지 볼게."

"근데 넌 나를 믿는 거지? 그렇지?"

징크스가 묻자 프레디가 대답했다.

"물론 나야 널 믿지. 하지만 믿는 걸로는 부족해. 널 감옥에 보내지 않으려면 말야. 우린 증명해야 해. 그러니까 기다려. 곧 돌아올게."

그리고는 변장을 풀고는 허겁지겁 계단을 내려갔다.

프레디는 헛간 다락에서 흥분해 있는 동물들을 발견했다. 헛간 중앙에 서 있던 찰스가 프레디를 향해 다가왔다.

"아하, 여기 탐정이 있군 그래! 우린 사건을 해결하게 될 거야. 범인은 도망갔어. 프레디, 넌 범인을 찾아 우리에게 데리고 와야 해. 수고를 아끼지 말고 공익을 위해, 그리고 법을 안전하게 지키기 위해서……."

"그만해, 찰스." 프레디는 친절하게 말했다. "나도 다 알고 있어. 내 생각엔 징크스는 이 까마귀를 일 분 만에 해치울 수가 없어. 자, 이제 다들 여기서 비켜. 여길 좀 살펴봐야 하니까."

동물들은 마지못해 내려갔고, 프레디는 주변을 조심스럽게 살폈다. 까마귀의 발톱 두 개가 차례로 깔끔하게 놓여 있었고, 깃털은 옆에 말끔하게 더미로 쌓여 있었다. 프레디가 찰스에게 말했다.

"여길 주목해 봐. 여기에는 발버둥을 친 흔적이 전혀 없어. 징크스가 여기에서 이 까마귀를 잡았다면 이 까마귀는 분명히 발버둥을 쳤을 거야. 그랬으면 깃털들이 여기저기에 흩어져 있었을 거야."

찰스는 판사였기 때문에 그곳에 남아 있을 수 있었다. 찰스가 대꾸했다.

"바깥에서 잡아 왔나 보지. 그러면 결과를 바꿀 수 있을 것 같아? 이런 탐정 일은 사실을 바꾸지 못해. 징크스는 유죄야."

"그들은 할 수 있을 거야, 그들은 할 수 있을 거라고."

프레디가 생각에 잠겨 말했다. 프레디는 깃털 더미 주변을 돌아다니면서 깃털들을 자세히 살피고는 냄새를 맡았다.

"하!" 프레디가 외쳤다. "흠! 정말 이상해! 정말 이상하단 말야!"

"참 멍청하군." 사이먼이 바닥에 난 있는 쥐구멍 밖으로 코를 내밀고는 거친 목소리로 말했다. "넌 고양이나 잡아 와서 감옥에 가둬야 하는 거 아냐? 이 근처를 쑤시고 다니지 말고 말야, 프레디. 징크스가 네 친구니까 이러는 거지? 이번엔 우리한테 걸렸어!"

"그 말이 무슨 뜻이지? 너희한테 걸렸다고?"

프레디가 예리한 질문을 했다. 그러자 시궁쥐 사이먼 영감이 살짝 미소를 짓고 말했다.

"아무것도 아냐. 우리 모두 징크스가 우리 눈앞에서 까마귀를 잡아먹는 걸 봤다는 걸 빼곤 말야. 넌 이 주변에서 얻을 게 없을 거야."

"아니, 그렇게 보면 안 되지. 그렇지?"

프레디가 말했다. 그는 발톱 하나와 깃털 몇 개를 집어들고

는 밝은 곳으로 가져가서 오랫동안 그것들을 살폈다. 그리고
는 말했다.

"찰스, 이것들을 한동안 보관할 거야. 이것들을 보이는 그
대로 믿을 수는 없어. 전혀 믿을 수 없지. 징크스가 정당하게
심리를 받기 전까지는 넌 징크스에게 선고를 내릴 수 없어.
우리는 배심원도 함께 구해야 할 거야. 그건 네게 맡길게. 하
지만 난 먼저 조사를 위한 며칠의 시간이 필요해. 심리는 일
주일 뒤에 열기로 하자."

찰스는 이에 동의했고, 두 친구는 사이먼의 악의에 찬 눈빛
을 뒤로 하고 헛간 다락을 나왔다. 프레디와 찰스는 발톱과
깃털을 안전한 곳에 보관하기로 약속한 로버트에게 주었다.
그리고 프레디는 찰스와 헤어지기 전에 찰스에게서 '심리가
열리기 전까지 징크스가 자유롭게 돌아다닐 수 있도록 허락
한다'는 약속을 받아 냈다.

"만일 징크스가 유죄라는 사실을 찾게 되면 넌 그에게 아주
긴 형량을 선고할 수 있어. 하지만 그때까지는 일을 계속할
수 있게 해 줘야 해. 징크스는 도망가지 않을 거야."

"넌 징크스가 유죄가 아니라고 생각하는 것 같구나. 하지만
네 얼굴에 코가 있는 것처럼 증거가 확실하잖아."

"내 얼굴에 코는 확실히 있지만 그건 확실하지 않아. 어떤
이는 한쪽만 생각하고, 어떤 이는 다른 쪽으로 생각하지. 이
건 의견 차이야. 찰리, 오랜 친구야. 그리고 이건 징크스의 죄

에 관련된 거라고. 내 의견으로는 그는 무죄야. 왜 그런지 말은 하지 않을 거야. 넌 내가 본 것과 마찬가지로 헛간 위에서 많은 걸 봤으니까. 내가 본 것을 네가 보지 못했다면 넌 심리가 열려서 그게 무엇이었는지 알게 될 때까지 기다려야만 할 거야. 그럼, 이만 안녕."

프레디는 집으로 돌아가서 이층에서 기다리고 있던 징크스에게 무슨 일이 있었는지 얘기해 주었다.

"넌 이제 헛간으로 돌아가서 시궁쥐들을 지켜. 그리고 나머지는 내게 다 맡기라고. 난 지금 다른 일도 있기 때문에 하루 이틀 좀 바쁘게 될 거야. 하지만 시간은 많아. 심리가 열리기 전까지 네가 그 까마귀를 먹지 않았다는 사실을 증명하는 데 필요한 확증을 찾을 거야. 걱정 마."

그래서 징크스는 헛간으로 되돌아갔고, 프레디는 다시 변장을 하고 모험에 착수했다.

<h1 align="center">10</h1>

<h1 align="center">프레디, 강도가 되다</h1>

프레디는 숲 속에 어둠이 깔리기 시작할 무렵, 꽤 늦은 시
각에 모험을 시작했다. 지는 햇살에 나무 꼭대기가 밝은 녹색
과 황금빛으로 물들고 있었다. 사람 옷을 입고서는 냇물에서
수영을 할 수 없었기 때문에, 은둔자의 집에 가기 위해서는
숲을 지나고 다리를 건너서 다른 쪽으로 걸어 돌아가야 했다.

프레디는 계속 뒷다리로만 걸었다. 계단을 오르다가 굴러
떨어진 뒤로 좀 더 연습이 필요하다고 생각했기 때문이었다.
강도들에게 사람처럼 보이려면 연습을 해야만 했다. 하지만
다리보다 훨씬 더 긴 바지 때문에 냇가에 도착하기 전까지 몇
번이나 나무 뿌리와 덩굴에 걸려 넘어지고, 구덩이에 빠지기
도 했다. 프레디는 여기저기가 멍이 들어 아프고 더워서 숨을

쉬기조차 힘들었다. 그래서 잠시 그루터기에 앉아 쉬었다.

"젠장, 내가 사람이 아닌 게 다행이지! 사람들은 어떻게 이렇게 불편하고 더운 옷을 입고 살아가는 거지? 정말 상상이 안 되는군! 그러면서 신의 창조물이라고 떠들어 대다니! 흠, 난 돼지가 훨씬 더 좋아."

프레디는 곧 일어나서 다시 걸어갔다. 마침내 다리에 도착했다. 다리 건너편으로 나 있는 좁은 길이 은둔자의 집 왼쪽으로 통하고 있었다. 프레디는 그 길을 따라갔다. 좀 긴장되기 시작했지만 프레디는 용감한 돼지였다. 그는 돌아갈 생각은 결코 없었다.

시간이 지나 날이 어두워졌다. 은둔자의 집 창가에 불이 켜졌지만, 창문이 너무 더러워서 안을 볼 수가 없었기 때문에 무엇을 하는지 알 수 없었다. 하지만 흘러나오는 음악은 들을 수 있었다. 풍금 반주를 따라 남자가 노래를 부르고 있었다. 그 노래는 '감미롭고 낮게' 부르는 것이었지만 노래하는 사람이나 반주자나 모두 할 수 있는 한 최대한 빨리 연주하고 있었다. 특히 노래와 반주는 조화를 이루지 못하고 따로 가고 있었다. 노래하는 사람이 반주보다 빨리 노래를 부르면 반주자가 노래하는 사람이 숨 쉬는 틈을 타서 재빨리 앞질렀다.

프레디는 지금까지 들어 본 노래 중에서 가장 우스운 노래라고 생각했다. 프레디는 앞문으로 걸어가서 노래가 끝날 때까지 열쇠 구멍을 통해 그들을 훔쳐보았다. 풍금 앞에 앉아 있는 덩치 큰 남자가 이마의 땀을 훔쳐 냈다.

"이번엔 네가 이겼다, 루이." 덩치 큰 남자가 말했다. "난 항상 두 번째 부분의 가락에서는 속도가 느려져."

"'불라 불라' 로 시합할래?" 루이가 말했다.

"안 돼, 그 노래는 안 돼." 레드가 말했다. "넌 항상 그걸로 이기잖아. 그리고 그건 네가 '불라' 가 여섯 번 나오는 걸 무시하고 부르기 때문이라고. 난 제대로 연주하는데 넌 그냥 넘어가기 때문에 내가 쫓아갈 수가 없지. 다른 걸로 하자. 단어가 다 제각각인 걸로. '애니 로리' 로 하자. 하나, 둘, 셋 시작!"

소음은 정말 참을 수 없을 정도로 대단했다. 믿지 못하겠다면 '애니 로리' 를 할 수 있는 한 빨리 불러 보면 알 것이다. 프레디는 더 이상 참을 수 없어서 문을 톡톡 두드렸다.

이 음악가들은 너무나 빨리 불렀기 때문에 네 소절을 끝내기 전까지는 멈출 수 없었다. 잠시 동안 조용하다가 무거운 발 소리가 들리고 나서 문이 왈칵 열렸다. 프레디는 모자를 살짝 잡고는 예의 바르게 인사를 했다.

"제길, 이건 뭐야?" 레드가 말했다. "들어오게, 젊은 친구. 무슨 일인가?"

프레디는 안으로 들어갔다. 세 개의 석유등이 방을 밝히고 있었지만 등피가 너무 더러워서 빛이 밝지는 않았다. 그래서 프레디는 계속 모자를 쓰고 있다면 그들이 자신이 돼지라는 것을 알 수 없을 거라고 생각했다. 그렇지만 프레디는 그들이 다가와서 무릎에 손을 짚고 쭈그리고 앉아서 자신을 빤히 쳐다보자 겁이 났다.

처음에 그들은 아무 말도 하지 않았다. 그들은 프레디를 한동안 빤히 쳐다보더니 일어서서 서로를 빤히 쳐다보았다. 다 그러더니 다시 쭈그리고 앉아서 프레디를 빤히 쳐다보았다.

"음, 난 쓸데없이 남의 일에 참견하지 않을 거야!" 레드가 말했다.

"그럼, 나도!" 루이가 말했다. "이 사람은, 그 뭐라 부르지? 키 작은 사람 부르는 말. 난정이, 틀린가?"

"난쟁이." 레드가 말했다. "좀 알고 말해, 루이."

"그래, 난정이든 난쟁이든 우리가 애를 뭘로 부르든 무슨 상관이야? 요점은 애가 자신을 뭐라 부르느냐 하는 것이지. 넌 이름이 뭐냐?"

프레디는 자기 입을 가리키며 머리를 흔들었다.

"벙어리야." 루이가 말했다. "벙어리에 난쟁이라고? 밖으로 내쫓고 우리 노래나 부르자."

프레디는 주머니에서 준비해 간 도표를 꺼냈다. 하지만 오랫동안 책과 종이를 다뤄 왔어도 앞발을 사람의 손처럼 쓰기는 힘들었다. 프레디는 혹시 도표를 꺼내는 동안 그들이 손 대신 발굽을 보고 자신이 돼지란 걸 알게 될까 봐 두려웠다. 그때 운 좋게도 레드가 말했다.

"잠깐! 아이디어가 떠올랐어!"

"지난 목요일에 생각해 낸 것보다 나은 것이길 바래."

루이가 말했다.

"이건 정말 괜찮은 거야. 잘 들어 봐. 이 난쟁이는 작은데다 벙어리야. 이 얘기는, 우리가 들어갈 수 없는 곳을 들어갈 수는 있지만 우리 이야기를 아무에게도 할 수 없다는 얘기도 되지. 센터보로 국립 은행 뒤쪽 창문 말야, 어때?"

"대단해!" 루이가 외쳤다. "정말 대단한 아이디어야!"

루이는 프레디를 향해 몸을 돌렸다. "자, 난쟁이, 너 돈 많이 벌고 싶지?"

프레디는 강하게 고개를 끄덕였다.

"좋아! 너도 우리랑 한패가 돼서 시키는 일만 하면 돼. 그럼 네게 오십 센트를 줄게. 자, 레드, 이제 네 물건들을 챙겨."

프레디가 무슨 일이 일어나고 있는지 알아차리기도 전에

프레디는 강도들 사이에 서서 캄캄한 길을 걸어가고 있었다.

프레디는 그의 도표를 보여 줄 기회도 없었다. 그리고 지금 처해 있는 상황은 생각조차 하지 못했던 것이었다. 프레디는 혼잣말을 했다.

'뭔가 떳떳치 못한 일을 하고 있는 게 틀림없어. 하지만 걱정은 해서 뭐 해. 난 지금 그들과 함께 있는데. 나중에 이들을 잡을 수 없다면 난 정말 멍청한 탐정이 되는 거야.'

강도들은 다리 앞에 멈췄다. 레드는 키작은 나무숲으로 들어가서 엔진에 시동을 걸고는 심하게 찌그러지고 지붕이 없는 차를 도로로 몰고 나왔다. 그런 다음 레드가 프레디를 들어올려 차에 태우고 센터보로 방향으로 출발했다. 가는 길에는 아무 말도 오가지 않았다. 강도는 두 명 모두 레인 코트, 까만 마스크, 고무 장화를 착용하고, 손에는 권총을 들고 있었다.

루이는 한 손에 권총을 들고서 운전해야 했기 때문에 힘들어 했다. 한번은 기어를 바꾸다가 총알이 발사되기도 했다. 총알은 자동차의 앞 유리창을 맞혔는데 프레디는 너무 놀라 잔뜩 몸을 움츠렸다. 하지만 루이는 이 상황에서도 웃기만 했다.

"우린 일할 때는 총알이 장전된 권총을 갖고 다니지 않아." 루이가 해명했다. "사고가 나기 쉽거든."

강도들이 큰 도로로 차를 몰고 내려왔을 때 프레디는 보안관의 말처럼 모든 상점에 불이 켜져 있는 걸 보았다.

강도들은 은행이 가까워지자 차를 천천히 몰면서 무릎 위에 총을 놓은 채 현관에 앉아 있는 경비원을 보았다. 하지만 경비원은 차가 은행 옆 골목길을 따라 도는 줄 알고 강도들에게 주의를 기울이지 않았다.

루이는 차를 은행 옆 골목길에 세웠고, 모두 차에서 내렸다. 레드는 접는 사다리를 뒷좌석에서 꺼내 와 작은 창이 나 있는 은행 건물 벽에 기대어 놓았다. 레드가 말했다.

"이제 네 차례야. 은행원들은 이 창문은 잠그지 않아. 너무 작아서 어느 누구도 통과하지 못할 거라고 생각하기 때문이지. 하지만 넌 충분히 들어갈 수 있어. 네가 안에 들어가면 우리가 이 가방을 던져 줄게. 넌 가방에 담을 수 있는 만큼 돈을 다 넣으면 돼. 그리고는 가방을 먼저 밖으로 던진 다음 밖으로 나오면 돼, 알았지?"

프레디는 잘 알고 있었다. 지금 이 순간에는 자신이 강도가 되어야 한다는 것을. 그밖에는 할 수 있는 일이 아무것도 없다는 것도 잘 알고 있었다. 하지만 접는 사다리라니, 이건 계산에 없었다. 빈 아저씨의 바지를 입고 농장에 있는 뒷계단을 올라가는 것도 힘들었는데, 더군다나 사다리는 도저히 가망이 없어 보였다.

프레디는 세 번째 계단을 기어 오르다가 오른쪽 바지에 왼쪽 발이 걸려서 넘어지고 말았다. 그리고 넘어지면서 비명을

지르고 말았다.

조용하던 밤은 순식간에 소음으로 가득찼다. 창문이 열리고, 경찰이 호각을 불고, 사람들은 거리로 뛰어나와 총을 쏴대거나 소리치기 시작했다. 루이는 기어가서 프레디를 차 안으로 던져 넣고는 레드가 시동을 걸자 프레디 옆으로 올라탔다. 함성과 함께 그들은 골목길에서 나와 큰 도로를 있는 힘을 다해 달렸다. 대여섯 대의 차들이 그 뒤를 쫓았고, 강도들은 차를 멈추려는 사람들을 피해 이리저리 곡예를 하며 달렸다. 레드는 차를 엄청나게 잘 몰았다. 그는 사람들이 쏘아 대는 총알까지도 피하는 것 같았다. 그들은 추격 행렬을 보기 좋게 따돌리고 읍내로 들어올 때 사용했던 길로 들어갔다. 그 뒤 몇 분 만에 다리를 건넜는데, 레드가 갑자기 브레이크를 급하게 밟는 바람에 강도들은 앞 유리를 통해 튀어 나갈 뻔했다. 그는 차를 돌려서 헤드라이트를 끄고는 예전에 숨겨 두었던 키 작은 나무숲으로 차를 숨겼다.

추격하던 차들이 그들이 차를 숨긴 곳을 플래시를 비추면서 지나갔다. 마지막 차가 지나가자 강도들은 차에서 느릿느릿 나왔다.

"넌 아무래도 왔던 곳으로 돌아가는 게 좋겠어, 난쟁이."

루이가 화가 난 목소리로 말했다. 레드도 한마디 했다.

"창피한 줄 알아야지. 이제 우린 접는 사다리도 없다고. 이게 다 너 때문이야. 난 내일 거실에 새 커튼을 달려고 했단 말야. 근데 접는 사다리도 없이 어떻게 커튼을 다냐고. 난 몰라."

"가!" 루이가 말했다. "꺼지라고. 우린 이제 너랑 아무것도 안 해. 넌 돼지보다도 감각이 없는 놈이야."

프레디는 어둠속에서 혼자 싱긋 웃었다. 그리고는 자신의 주머니에서 종이를 꺼내 레드에게 내밀었다.

"이건 뭐야?"

레드는 성냥을 켜서 보고는 동료 루이를 흥분한 목소리로 불렀다.

"이거 봐, 루이. 얘가 농부가 사는 곳의 지도를 갖고 있어. 냇가 건너편에 살고 있는데 여기 이 표시가 돈이 숨겨져 있는 곳이래."

강도들은 성냥이 다 타 버리자 다른 성냥을 켜서는 지도를 보려고 고개를 숙였다.

"빈 씨의 헛간 지도로군. 보물이 숨겨져 있는 위치를 보여 주고 있어."

그들은 신이 나서 목청껏 소리 질렀다. 프레디는 헛간의 지도를 그리고 상자 마구간, 그러니까 감옥으로 쓰이는 마구간 하나에 긴 화살표를 표시했다. 그리고 그 화살표 끝 부분에 이렇게 써 놓았다.

"이 마구간 바닥 밑에 약 일천만 달러어치의 금이 들어 있는 박스가 숨겨져 있음."

　　　탐정 프레디

강도들은 대단히 흥분했다.

"이걸 우리한테 주려고 온 거야. 하하, 이놈처럼 나쁜 난쟁이는 세상에 없을 거야." 루이는 프레디를 바라보고 다시 말했다. "미안하다, 널 돼지에 비교했던 거 말이지. 근데 진짜이 돈이 거기에 있는 건 확실한 거냐?

프레디가 고개를 끄덕였다. 레드가 말했다.

"이건 시도해 볼 만해. 하지만 이것도 같은 경우야. 기회를 잡기 힘들어. 이번에는 이 친구를 집에 묶어 놓는 거야. 우리가 가서 돈이 있는지 없는지 확인하는 동안에 말야. 만약에맞으면 우리가 얘한테 몫을 좀 주고, 만일 없다면……." 레드가 탐정 프레디에게 눈을 부라렸다. "이 일을 후회하게 만들어 줘야지."

이건 프레디가 전혀 생각지 못했던 일이었다. 하지만 별다른 방법이 없었다. 그들은 프레디를 은둔자의 집으로 데리고가서 의자에 묶어 놓고는 계획에 들어갔다. 이번에는 걸어가기로 했다. 차를 타면 사람들의 눈에 띄기 때문이었다.

프레디는 절망에 빠졌다. 강도들을 잡기 위한 준비를 해 놓지 않았기 때문이었다. 헛간으로 간 그들은 열두어 마리의 동물 죄수들 외에는 무엇도 발견할 수 없을 게 뻔했다. 그리고밤새 두 번이나 허탕을 치고 돌아오게 된다면 자신에게 무슨일이 생길지는 너무나 분명한 일이었다. 이런 생각을 하자 옷이 더 죄는 것 같고 불편해졌다.

하지만 길게 생각하지는 못했다. 강도들이 나간 지 일 분도 안 되어 어둠속에서 움직임이 있었기 때문이었다.

자그마한 목소리가 말했다.

"거기, 프레디니?"

"아우구스투스!" 프레디가 외쳤다. "이렇게 네 목소리가 반가울 수가! 이 밧줄 좀 갉아 줘. 그럴 거지, 좋은 친구야? 난 그놈들이 농장에 도착하기 전에 가야 해. 아니면 그놈들을 놓

치게 될 거야."

아우구스투스의 이빨은 날카로워서 몇 분 만에 프레디는 자유로워졌다. 먼저 변장을 지웠다.

"하!" 프레디가 외쳤다. "뭔가가 된 듯한 느낌이야! 난 이제 무엇이든 될 수 있어! 하지만 내가 그들보다 먼저 갈 수 있을까? 이 근처에 어디 새가 없을까? 새를 좀 깨워서 조크에게 전갈을 해 달라고 해 줄 수 있지?"

"그럼." 생쥐가 말했다. "현관 처마 밑에 굴뚝새가 살고 있

어. 기둥을 타고 올라가서 둥지에 있는지 보고, 갈 수 있는지 알아올게."

아우구스투스는 조금도 지체하지 않았다. 이 분 만에 기분이 언짢아 보이고 많이 졸려 보이는 굴뚝새와 함께 돌아왔다. 하지만 굴뚝새는 자신의 도움을 바라는 게 탐정으로 잘 알려진 프레디라는 것을 알고는 대단한 호의를 보였다.

프레디가 말했다.

"날아가서 조크와 로버트를 깨워 줘. 그들에게 두 번째 상자 마구간에 있는 모든 죄수들을 즉시 내보내라고 말해. 잠시도 지체해서는 안 된다고도 말해 줘. 그곳으로 두 명의 강도가 갈 텐데 난 그들을 마구간에 아무 문제 없이 가두고 싶어. 조크에게 모든 동물들을 모아 놓고 헛간에 숨어서 두 놈이 마구간 안에 들어갈 때까지 조용히 있으라고 해 줘. 내가 가기 전까지 아무 일도 하지 말라고 해."

굴뚝새는 전갈을 확실히 외우곤 재빨리 날아갔다. 프레디는 냇가로 달려가 냇물에 뛰어들었다. 헤엄을 쳐서 냇물을 건넌 뒤 숲을 통과해 농장을 향해 있는 힘을 다해 달려갔다. 두 다리로 가는 것보다 네 다리로 가는 것이 훨씬 편했기 때문에 목초지에 금방 닿았다. 거기서부터는 조심하면서 갔다. 그리고 헛간에 도착한 뒤에는 그림자처럼 기어갔다.

헛간에서 희미한 소리가 들려왔다. 종종 빛이 깜박거리다가 사라지기도 했다. 강도들이 거기 있었다! 프레디는 한크의 마구간으로 미끄러져 들어갔다.

"안녕, 한크!" 프레디가 속삭였다. "잘돼 가고 있어?"

"내가 아는 한은." 한크가 대답했다. "나로서는 의미는 잘 이해하기 힘들지만 말야. 몇 분 전에 조크와 로버트 그리고 위긴스 부인이 여기로 와서 죄수들을 한 마구간으로 몰아 넣고 나서 숨었어. 저기 구석에 있어. 그리고 난 다음에 두 사람이 몰래 숨어들어 왔지. 조금 있다가 바닥을 뜯는 듯한 소리가 들렸어. 근데 이게 다 무슨 일이야?"

하지만 설명할 시간이 없었다. 프레디는 까치발을 하고서 바닥을 가로질러 마구간 문으로 갔다. 회중 전등 옆에서 바닥에 있는 널빤지를 들어올리고 있는 사람은 레드와 루이가 확실했다. 프레디는 아주 조심스럽게 무거운 문을 천천히 닫고는 걸쇠를 걸었다.

강도들은 아무 소리도 듣지 못했다. 프레디는 그들이 작업을 계속 하도록 어떤 소음도 내지 않았다. 그리고는 친구들이 숨어 있는 구석으로 갔다.

"이젠 나와도 될 것 같아. 우리가 안전하고 빠르게 잡았어. 이건 '한밤의 훌륭한 작업'이라 할 수 있지! 내가 여기를 떠난 이후 겪은 일들에 관해 얘기하면 아마 너희들은 믿지 못할 거야!"

그리고 프레디는 친구들에게 자신의 모험담을 얘기해 주었다. 하지만 갑자기 마구간 쪽에서 문을 열려는 커다란 소리가 났다. 강도들이 갇혔다는 걸 알아차린 모양이었다.

조크가 웃었다.

"하하. 계속 빠져나오려고 해 보라고 해! 저 문은 코끼리도 가둬 둘 수 있어. 어쨌든 난 피터를 데려올게. 잘못되면 안 되니까 말야. 피터라면 잘 해결할 수 있을 거야."

프레디는 자신의 모험담을 계속 이야기하기 시작했다. 바로 그때 차 한 대가 마당에 들어오는 소리가 들리더니 이어서 큰 소리가 들렸다.

"이봐, 농부! 일어나라고!"

프레디가 말했다.

"저 목소리가 누구 것인지 알아. 저건 도시 탐정이야. 오늘 밤에 얼마나 많은 강도를 잡는지 보자고!"

동물들은 헛간 문으로 갔다. 불빛이 창문 위로 왔다갔다했고, 이윽고 빈 아저씨가 잠옷 차림으로 얼굴을 내밀고 말했다.

"당장 소란을 멈추지 않으면 당장 내려가서 당신에게 말 채찍을 휘두를 거요!"

"난 한 시간 전에 이 근처에서 지붕이 열리는 차를 본 적이 없는지 알고 싶을 뿐이오."

"이 밤중에 잠도 안 자고 일어나 뚜껑 열리는 차가 지나가는지 지키고 있으란 말이오? 자, 이제 댁의 일이나 보시오. 난 이런 식으로 내 동물들을 깨우고 싶은 생각이 없으니까."

"난 지붕이 열리는 차를 탄 두 명의 강도를 쫓는 중이오!"

보너 씨가 외쳤다. 그러자 빈 아저씨가 대꾸했다.

"그래요? 난 뚜껑 열리는 차의 두 강도가 아니란 말이오. 난 잠옷 차림의 자존심 있는 시민이오. 뭘 더 바라시오? 내 손에는 엽총이 있소이다. 이 분 안에 떠나지 않으면……."

말이 끝나기도 전에 다른 차가 마당으로 들어오고, 보안관이 내렸다. 빈 아저씨는 새로운 방문객을 알아보자마자 태도가 달라졌다.

"보안관이 웬일이야? 이 친구는 누구요? 당신 친구요?"

보안관이 설명했다. 그들은 센터보로 은행을 털려고 하다가 사람들을 놀라게 하고는 도망간 강도 두 명을 쫓아 농가를 돌며 철저히 수색 중이라면서 혹시 빈 아저씨가 그들을 보거나 이상한 소리를 들은 적이 없는지 궁금해 했다.

"난 세 시간 전에 잠이 들었어요. 하지만 저기 헛간 쪽에서 프레디가 오고 있군요. 아무래도 당신에게 뭔가 보여 줄 것이 있는 것 같은데. 난 이제 다시 자러 갈 거요. 원하는 대로 돌아봐요. 하지만 제발 조용히 하고 다녀요. 난 동물들이 계속 자게 두고 싶으니까."

빈 아저씨는 그렇게 말하고는 창문을 내렸다. 그러는 사이 프레디가 보안관에게 다가왔다. 프레디는 앞발을 들어 헛간을 가리켰다.

"뭔가 있지, 프레디? 넌 뭔가 알고 있지? 그런 것 같구나."

탐정 프레디

"또 그 돼지로군!" 역겨운 탐정 나으리가 소리쳤다. "이리 와요, 보안관. 여긴 아무것도 없는 것 같으니."

"서둘지 말아요. 난 가서 볼 테니."

보안관는 프레디를 따라 헛간으로 갔다. 보안관은 이제 갇혀 버린 강도들이 마구 흔들어 대고 있는 마구간 문에 다다랐다. 보안관이 커다란 권총을 꺼냈다.

"흠, 이번에 네가 뭔가 잡은 모양이구나. 옆으로 비켜서거라, 동물들아."

걸쇠를 풀자 문이 갑자기 열리면서 루이와 레드가 앞으로 쏟아져나왔다.

"꼼짝 말고 손들엇!"

보너 씨가 한 발 앞으로 나서며 말했다. 보너 씨는 당황한 강도들에게 손을 높이 들고 벽을 향해 서게 한 뒤 보안관을 돌아봤다.

"당신 죄수들이 여기 있소, 보안관." 그가 흥분해서 말했다. "내 여기에 있을 줄 진작에 알았지. 그래서 내가 첫 번째로 여기를 들른 거요."

"뭐라구?" 루이가 말했다. "웃기지 마! 내가 말 좀 할까? 도시 탐정 나으리, 우릴 잡은 건 네가 아냐. 넌 느림보 달팽이도 잡지 못해."

"말대답하지 마!" 보너 씨가 화가 나서 말했다. "내가 아니라면 누구한테 잡혔다는 거지?"

"네가 그렇게 알고 싶다면 말해 주지. 체크 무늬 모자를 쓴 작은 친구야. 너희 탐정들 모두가 모두가 그 친구만큼 영리했다면 우린 벌써 오래 전에 잡혔겠지."

"여기 너의 '작은 친구'가 있다." 보안관이 프레디를 앞으로 밀며 말했다.

"당신은 또 돼지와 어울리려고 하는군." 역겨운 보너 씨가 씩씩거리며 말했다.

"내가 이 헛간 앞마당으로 그들을 찾으러 왔잖소, 아니오? 그리고 그들이 여기 있었소. 아니란 말이오? 그리고 누가 그들을 잡았소? 세상 누가 돼지가 이런 일을 했다고 믿겠소?"

"이 돼지가 그랬소. 이 돼지가 명성과 보상금을 가져야 하오!"

루이와 레드는 프레디를 놀란 눈으로 쳐다보았다.

"돼지라고?" 레드가 소리쳤다. "세상에, 루이, 돼지야!"

"돼지야. 맞다고." 루이가 힘이 빠져서 대답했다. "이럴 수가. 우린 대단한 강도 콤비였는데, 돼지한테 잡히는 신세가 되다니!"

그런데도 보너 씨가 계속 자기가 보상금을 타야 한다고 주장하자 루이가 덧붙였다.

"제발 우리를 데려가서 가두쇼. 저 사람 말이 들리지 않는 곳이라면 어디라도 좋소."

잠시 뒤에 빈 아저씨가 전등을 들고 잠옷 차림으로 헛간 문에 나타났다.

"내 동물에게 명성을 가져다 주려고 그러는 중이오? 그러면 정리를 좀 해 봅시다."

빈 아저씨는 그렇게 말하고는 밖으로 머리를 내밀고는 부드럽게 불렀다.

"피터! 우리를 위해 이 친구들을 치워 줘. 그럴 수 있지?"

"나도 댁에게 할 말이 있소, 보안관 나으리." 보너 씨가 말

했다. "당신은 이 사건에 대해 더 이상 당신 친구 돼지가 했다고 그러지 마시오. 난 내가 체포했다는 이야기를 신문에 낼 거요. 그러니까 나를 막을 생각하지 마시오. 사람들은 유명 탐정 몽태그 보너가 지난밤 뉴욕 주의 은행의 연쇄 강도 사건을 성공적으로 마쳤다. 두 명의 강도를 멋지게 체포한……"

그는 여기까지 말하고는 갑자기 말을 멈췄다. 거칠고 소름끼치는 뭔가가 그를 비비고 있었기 때문이었다. 도시 탐정은

돌아보았다. 북극곰 피터가 그의 옆에 뒷다리로 서서 입을 크게 벌리고는 팔을 펼친 채로 서 있었다. 번쩍이는 등불 때문에 곰의 덩치가 두 배는 크게 보였다.

보너 씨는 입이 너무 크게 벌어져 거의 피터 입만 해졌는데 곧 그 입에서 긴 고함 소리가 터져나왔다. 그런 다음 그는 문을 향해 달려갔다. 그는 앞마당에 도착할 때까지도 고함을 질렀고, 정문을 나갈 때까지도 고함을 질렀고, 길가로 뛰쳐나갈 때까지도 소리를 질렀다. 피터가 성큼성큼 뛰어가서 탐정을 금방 따라잡았다. 정문은 동물들로 북적이고 있어서 아무것도 볼 수 없었지만 센터보로 방향으로 점점 멀어지는 고함 소리를 들을 수는 있었다. 고함 소리가 모기 소리만 하게 들릴 때쯤에 동물들은 헛간으로 돌아왔다. 이제 고함 소리는 모두 사라지고 정적만이 남았다.

보안관이 말했다.

"감사합니다, 빈 씨. 동물들도 모두 마찬가지고요. 이젠 돌아가야겠어요. 아침에 일어나야 하니까요. 그들이 훔친 돈을 어디에 숨겼는지 프레디가 가르쳐 줄 거예요. 그리고 나와 함께 보상금을 타 갖고 와야 하고요. 너희 둘은 따라와. 너희를 위해 마련해 놓은 좋은 감방이 있어. 깨끗한 수건이랑 화분에 꽃도 있고, 뭐든 다 있지. 그럼, 이만. 다들 잘 자요."

빈 아저씨도 잘 자라고 말하고서는 동물들에게서 고개를 돌렸다.

"한밤중이니까 일어나서 떠들지 마라. 얘기할 시간은 내일도 많으니까 말야. 프레디, 네가 자랑스럽구나."

빈 아저씨는 프레디의 어깨를 어색하게 두드려 주었다. "잘자거라." 아저씨는 그렇게 말하고는 집을 향해 뚜벅뚜벅 걸어갔다.

"그래." 위긴스 부인이 깊은 한숨을 쉬고는 말했다. "한밤중에 일어난 일에 대해 얘기를 좀 해야겠어. 하지만 빈 아저씨 말이 맞아. 우리는 자러 가야 해. 난 아침에 모든 얘기를 첫 번째로 들어야겠어."

동물들은 어슬렁어슬렁 흩어졌다. 하지만 프레디는 동물들이 다 제자리로 가자마자 징크스를 잡아당겼다.

"여길 봐, 징크스." 프레디가 말했다. "마구간에서 강도들이 뜯어 낸 널빤지들은 시궁쥐들이 훔친 곡식을 저장하는 곳 바로 위에 있는 것들이야. 돌아가기 전에 한번 살펴보는 게 어때, 응?"

징크스는 수염을 두 번 찡긋거리고는 프레디의 등을 앞발로 툭 치며 윙크를 했다. 프레디는 헛간을 떠나면서 슬쩍 뒤돌아서 마구간의 열린 문을 통해 그림자처럼 숨어들어가는 징크스를 바라보았다.

# 11
# 심 리

마침내 심리가 열리는 날이 다가왔다. 이른 아침부터 길과 들판의 통로가 동물들로 가득 찼다. 징크스의 까마귀 사건에 대한 심리가 열리는 외양간으로 가는 동물들의 행렬이 줄을 이었다. 그들은 대부분 점심을 각자 싸 왔다. 법정 싸움은 길고 힘들 것이라는 데 아무도 이의를 달지 않았기 때문이었다. 농가 주변에서 나온 일반적인 견해는 고양이가 유죄라는 것이었다. 하지만 징크스의 친구들은 유죄가 거의 확실시되는 상황에서도 그를 굳게 믿고 있었다.

"우리는……" 징크스의 친구들이 말했다. "징크스의 예전 기록을 바탕으로 징크스의 성격이 고양이가 갖고 있는 일반적인 성격이라는 걸 증명하자. 징크스는 동물을 뒤쫓은 적이 없잖아. 더군다나 잡아먹기 위해서는 더더욱 아니었어. 참새도 뒤쫓은 적이 없었으니까. 그리고 고양이가 까마귀를 잡아먹는다는 건 들어 본 적이 없잖아. 우린 시궁쥐들이 하는 얘기는 신경 쓰지도 말자. 우린 그가 무죄라고 믿어."

심리는 두 시에 열리게 되어 있었다. 프레디는 일하는 틈틈이 사무실의 창문을 통해서 동물의 행렬을 볼 수 있었다. 하지만 그날 아침 그는 매우 바빴다.

강도 체포는 매우 인상 깊은 일이었다. 주에 있는 모든 신문에 기사가 실렸기 때문에 더욱 그랬다. 전날 비단 모자를 쓴 시장이 센터보로 시민 대표단을 이끌고 프레디를 찾아와 공식적으로 감사 표시를 했고, 오천 달러의 보상금을 지급했다. 유명한 은행가와 사업가들의 연설이 포함된 전달식이 끝난 후, 대표단 중 몇몇은 해결을 바라는 다양한 사건들을 프레디와 계약하기 위해 남아 있었다. 먼 동네에서 찾아온 많은 동물들도 그랬다. 그들은 프레디의 탐정으로서의 비범한 능력에 대해 처음 듣고는 자신들의 문제를 프레디에게 가져왔다. 이제 프레디에게 쌓인 일은 일 년, 아니 그 이상 동안 그를 바쁘게 만들고도 남았다. 도자기로 된 달걀을 도둑맞았다는 헨리에타의 사촌에서부터, 오래전에 잃어버린 딸을 찾는 데 도움을 요청한 그린즈 코너스에 살고 있는 부유한 은행가에 이르기까지 사건은 다양했다. 프레디는 시간과 관심을 갖고 그들의 말을 친절하게 들어 주었다.

프레디는 우리 안에 앉아서 진지하게 고객들의 이야기를 들었고, 종종 그의 동료 위긴스 부인과 말을 나누기도 했다. 위긴스 부인은 우리 안에 자리가 마땅치 않았기 때문에 밖에 앉아 있어야 했다. 위긴스 부인은 그곳에서 좀 덜 중요한 사건을 조사하고, 프레디의 심부름을 하기 위해 들락날락하는 새들과 동물들의 보고서를 받아오는 부하 직원(생쥐, 다람쥐, 그 밖에 작은 짐승들)에게 명령을 내렸다. 프레디의 곁에는 전

날 받은 보상금이 모든 이들의 눈에 띄는 위치에 놓여 있었다.

프레디가 말했다.

"이렇게 누구나 볼 수 있는 곳에 두어도 아무도 돈을 훔치지 못해. 만일 돈을 훔치려고 했다가는 이십사 시간 안에 잡혀서 감옥에 들어갈 것을 잘 알거든."

얼마 지나지 않아 징크스가 들어왔다. 프레디와 고객과의

면담이 끝낼 때까지 앉아 기다렸다가 들어와서 아침 인사를 했다.

"안녕, 징크스." 프레디가 말했다. "집은 별일 없지?"

"응, 다 괜찮은 거 같아. 저, 프레디. 난 사실 좀 긴장했어. 사실이야. 진짜 이 사건에서 날 구해 줄 수 있는게 확실한 거지? 전에도 말했지만 다른 때 같으면 감옥에 가는 거 신경도 안 써. 하지만 지금은 내가 시궁쥐들의 구역에 있으면서도 그들을 지켜볼 수 없는 곳에 있는 것만큼이나 신경이 쓰인다고."

"지난밤 이후 넌 시궁쥐들보다 우세해졌다고 볼 수 있지." 프레디가 말했다.

"나도 그렇긴 해. 난 에즈라와 사이먼의 두 조카들을 잡아 가두었지. 그리고 널빤지가 뜯어진 곳을 봤더니 삼십 오 리터 정도 되어 보이는 곡물이 있었어. 내가 보초를 서고 있는데도 생쥐들이 다시 곡물을 상자로 운반해 갈 때 사이먼도 그곳에 있었어. 그리고 아침에 빈 아저씨가 널빤지를 제자리에 놓고 못질을 하고 있었는데 그때 사이먼이 쥐구멍으로 고개를 내밀고는 나를 향해 웃으며 이렇게 얘기하는 거야. '징크스, 넌 우릴 헛간에서 쫓아내지 못해. 네가 우리 곡식 대부분을 가져 갔다는 건 인정해. 하지만 넌 내일 밤부터 감옥에 갇혀 지내게 될 거야. 그러고 나면 와우! 우린 잔치는 안 해! 너만 나가면 말야! 우린 밖에 나가지 않아도 될 만큼 충분한 곡식을 저

장할 거야.'"

"내가 전에 말했던 것 그대로군." 프레디가 말했다. "넌 갇히지 않을 거야. 내가 원하는 대로 이 사건을 해결할 것이고, 심리는 시궁쥐들이 너를 놀라게 했던 것을 증명할 거야. 이건 내가 그냥 믿고 있는 게 아니라 증명할 수 있는 거야. 그리고 네가 어떤 까마귀도 죽이지 않았다는 걸 증명할 수 있어."

"음." 징크스가 말했다. "그게 뭔지 내게 말……."

"안 돼." 프레디가 말을 막았다. "네게 아무 말도 하지 않을 거야. 얘기도 길 뿐더러 모든 걸 법정에서 듣게 될 텐데 뭐. 지금은 시간이 없어. 그러니 인내심을 갖고, 걱정하지 마. 모든 건 제대로 알려지게 될 거야. 내가 약속할게."

"네가 맞기를 바래." 징크스가 한숨을 내쉬며 말했다. "이런, 젠장!" 징크스가 문밖을 슬쩍 보고는 갑자기 소리를 쳤다. "여기 찰스가 오셨군. 난 갈게, 프레디. 어떤 일이 일어났는지만 아는 저 허수아비 같은 놈하고 말한다면 내가 이성을 잃을 것 같거든."

"그래, 넌 가는 게 좋겠다. 법정에서 봐. 안녕, 찰스. 오늘 아침 닭장에는 별일 없지?"

프레디는 사무실을 나가는 고양이 징크스에게 성난 눈길을 보내던 수탉 찰스에게 말했다.

"모든 게 좋아, 고마워." 찰스가 딱딱하게 말했다. "프레디, 내가 말 좀 해야겠는데 말야. 범인과 이런 식으로 주거니 받거니 하는 걸 용인할 수 없어."

"오, 너희 할머니 꼬리 깃털과 주거니 받거니 했지!" 프레디가 상냥하게 외쳤다. "높고 힘 있는 자리에 있다고 날 이렇게 대하지 마. 난 네가 아무 말도 못하고 그저 삐약삐약거리던 털북숭이 병아리 시절부터 알아 왔어!"

"그래, 알아. 프레디. 하지만 나도 징크스랑 예전에는 잘 지냈어. 내 신조는, 이런 범죄를 저지른 징크스는 모든 동물들의 우정과 존경을 저버린 놈이라는 거야. 그래서 난……."

"훗날을 위해 연설은 접어 둬." 프레디가 말을 끊어 버렸다. "네게 말해 둘 게 있는데, 징크스는 무죄고 난 그걸 증명할 수 있어. 오늘 오후에 무죄를 증명할 거야. 그렇게 되면 네가 알았던 진실과 그에 관련해서 징크스에게 했던 모든 말들에 대해 '멍청하게 왜 그랬을까?' 하게 될 거야. 그리고 이건 다른 얘기인데, 감옥의 상태에 대해 네가 생각하고 있는 게 있는지 묻고 싶고 알고 싶어. 이제는 선고를 받지 않았는데도 거기 있었던 동물들을 밖으로 쫓은 뒤로는 동물들이 많은 것 같진 않아. 하지만 수를 더 줄여야 할 것 같아. 감옥에서 비교적 좋은 시간을 보내는 동물들을 사면해서 내보내면 줄일 수 있을 것 같아. 동물들이 감옥에서 그저 즐겁게 지낼 수 있다는 생각에 감옥에 들어가길 바라거나, 감옥에 들어가기 위해 뭔가 훔치는 짓은 하지 말아야 한다고 생각해."

"훌륭한 생각이야, 프레디. 그럼 에릭부터 시작하는 게 좋겠다. 개가 뭘 했는지 알지? 다른 죄수들에게 감옥 밖을 나가고자 하는 게 얼마나 멍청한 짓이고, 오히려 감옥 안에서 더 즐겁고 더 나은 시간을 가질 수 있다고 연설했어. 그리고 호호 클럽이라는 조직을 만들어 많은 동물들을 가입시켰어. 그 클럽에 가입하기만 하면 형량이 올라가고 다시 자유롭게 되면 또 죄를 지어서 다시 감옥에 들어올 수 있다는 거야."

"'호호(Hoho)' 가 무슨 뜻이야?" 위긴스 부인이 물었다.

"즐거운 상습범 집단(Hilarious Order of Habitual Offender) 이래." 찰스가 대답했다.

"어디까지 들었는지 잊어버렸다. 무슨 뜻이라고?" 위긴스 부인이 다시 물었다.

"상습범이래." 프레디가 설명했다. "상습적으로 범죄를 저지르는 습관이 있는 동물을 말하는 거야. 그래서 감옥에 가곤 하지."

"저런!" 위긴스 부인이 말했다.

"걔네는 노래까지 만들어서 불러." 찰스가 화가 나서 말했다. "아마 이렇게 부를 거야."

우린 습관적으로 범죄를 저지르지
법을 위반하면 돼
결국엔 이게 더 낫다네
좋은 동물이 되는 것보다. 왜냐고?

이 오래된 감옥보다
훌륭한 집도 기운을 돋궈 주는 집은 없다네
우린 끝없이 박수 갈채와 만세를 부르지.

무엇 때문에?

감옥은 엄청나게 북적거린다
감옥처럼 좋은 곳은 없으니까!

"아주 좋은 노래는 아니로군. 아니면 네가 노래를 잘못 불렀거나." 프레디가 말했다.
"표현력도 충분치 않고." 위긴스 부인이 덧붙였다.
"누가 내 노래를 비평해도 좋다고 했지?" 찰스가 뾰루퉁하게 말했다. "내가 말하려고 했던 건……."

"그래, 그래." 프레디가 달래듯이 말했다. "우리도 너랑 동감이야. 뭔가 해야 해. 하지만 오늘 낮 이후로 잠시 미루자. 호호 클럽을 정리하고, 앞으로는 더 이상 판사 앞에 가기를 꺼리게 만들 방법이 있어. 찰스, 그럼 이따 보자."

"자, 이니의 보고를 제외하곤 다 들어왔어. 그렇지?" 찰스가 가자마자 위긴스 부인이 물었다.

"그래. 이니는 나를 만나러 법정으로 올 거야. 우린 거기에 있었던 목격자를 찾는 게 좋겠어. 여기에 증거가 있으니까."

그는 헛간 다락에서 찾아낸 깃털과 발톱, 그 밖에 소소한 물건들이 담겨져 있는 장바구니를 끌어내서 위긴스 부인의 뿔에 걸고는 출발했다.

외양간은 문에서부터 동물들로 가득 차서 안쪽으로 들어갈 만한 길을 찾을 수 없었다. 위긴스 부인이 군중들을 뚫고 조용히 길을 만들었고, 프레디는 그 뒤를 따랐다.

"장바구니에는 뭐가 들었지?" 말이 물었다. "심리 후에 징크스가 남긴 물건을 가져가려고?"

군중들이 웃어 대자 프레디가 돌아봤다.

"잘 들어, 말. 우린 이 바구니에 징크스의 무죄를 증명할 것들을 갖고 왔어. 뭐 더 할말 있니?"

"나도 그게 사실이었으면 좋겠어." 말이 대답했고, 다른 동물들도 응원을 보냈다.

헛간의 끝에 사륜 쌍두마차가 있었다. 이 년 전에 동물들이 플로리다에서 가져온 것이었다. 찰스는 앞자리에 위엄 있고 당당하게 서서 가끔씩 배심원장인 북극곰 피터와 낮은 목소리로 말을 나누기도 했다. 찰스는 열두 명의 배심원을 선택했다. 그들은 사륜 쌍두마차 왼쪽에 두 줄로 앉아 있었다. 뒷줄에는 피터, 보구스 부인, 한크, 염소 빌, 양 두 마리가 앉아 있었고, 앞줄에는 작은 동물들인 고슴도치 세실, 엠마의 아저씨 웨슬리, 생쥐인 퀵과 어크, 프레디의 매형 아키가 있었다. 아키는 엄청 뚱뚱하고 깨어 있을 때조차도 코를 골았다. 열두 번째 배심원은 거미 웹 씨로, 지붕에서 거미줄을 내려 남은 배심원석 위에 매달려서 모든 걸 보고 들었다. 그 자리라면 동물들에게 밟힐 위험이 전혀 없었다. 그리고 사륜 쌍두마차의 뒷자리에는 얼굴에 걱정하는 빛이 역력한 징크스가 앉아 있었다.

헛간의 모든 공간은 다 채워졌다. 창턱, 가로대, 서까래는 생쥐, 북미 다람쥐, 다람쥐, 새들이 자리를 잡고 앉아 있었다. 어떤 작은 동물들은 헛간 바닥에 가득 찬 군중들의 압력을 이기지 못해 기절해서 실려 나가기도 했다. 판사 앞의 공간만이 깨끗하게 치워져 있었다. 프레디가 이 공간 한쪽으로 자리를 옮기자, 이니가 쏜살처럼 사륜 쌍두 마차 밑으로 들어갔다.

"마침내 찾았어, 프레디." 이니가 말했다. "빈 아저씨네 집에서 가져온 게 아니고 맥니클 양의 집에서 가져온 거야. 프리니가 말해 줬어. 그 집에 내려가 봤더니 진짜 확실했어. 시궁쥐들이 잉크를 기울여서 맥니클 양의 책상 위에 많이 흘려 놓아서 압지에 난 발자국을 확인할 수 있었던 거야."

"좋아!" 프레디가 말했다. "훌륭하게 해냈구나, 이니!"

"내가 압지도 가져왔어. 조크가 안전하게 보관하고 있어."

"좋아. 이 근처에 꼼짝 말고 있어. 곧 네 증언이 필요하거든. 날 믿어, 우리 시궁쥐들을 놀라게 해 주는 거야!"

"법정에서 질서를 유지하시오! 조용히 하시오, 제발. 자, 배심원으로 서신 신사 여러분……."

찰스가 거만한 말투로 명령했다.

"숙녀 여러분이 빠졌어." 조크가 보구스 부인을 가리키며 속삭였다.

"넌 한 사람일 때는 숙녀 여러분이 아니라 숙녀라고 해야 하는 거 몰라?" 찰스가 투덜거렸다.

"그래, 그녀를 빼놓고 말하면 안 되는 뭔가가 있나 보군."

"배심원 숙녀 신사 여러분." 찰스가 말했다. "여러분은 여러분에게 제시되는 증거를 통해 빈 씨의 밑에서 일하고 있는 고양이 징크스가 유죄인지 무죄인지를 결정하기 위해 여기에 모였습니다. 징크스는 신원이 확인되지 않은 까마귀를 지난 8월 7일에 살해하여 먹어 버린 혐의로 기소되었습니다. 훌륭한 까마귀 가문의 일원인 페르디난드가 기소를 맡았습니다. 잘 알려진 탐정 프레데릭(프레디의 원래 이름)이 변호를 맡았습니다. 프레데릭의 동료 위긴스 부인은 변호를 돕기로 했습니다. 페르디난드 씨, 검사측 목격자를 불러 주시겠습니까?"

페르디난드는 마차의 흙받이에 뛰어올라서서 날카로운 까악까악 소리로 목을 가다듬었다. 배심원단의 대표를 향해 비웃는 듯한 시선을 보내며 말했다.

"신사 숙녀 여러분은 의심할 나위 없이 이미 아시겠지만, 고발을 한 중요한 증인들은 사이먼과 그의 가족입니다. 그들

은 불법으로 빈 씨의 허락 없이 이 헛간에서 살고 있는 시궁쥐 무리입니다. 하지만 그들의 범죄 행위는 이 사건과는 아무 관련이 없다는 걸 주지하셔야 합니다. 그리고 그들의 증언을 들을 때 그런 이유로 편견을 갖지 말고 들어 주시기 바랍니다. 이건 징크스에 관한 기소입니다. 시궁쥐에 관한 기소가 아닙니다. 제 뜻을 아시겠습니까?"

보구스 부인이 퉁명스럽게 대꾸했다.

"아니오, 그렇지 않아요."

"그럼 더 확실하게 뜻을 밝히겠습니다." 페르디난드가 말했다. "부인은 이 시궁쥐를 도둑이라고 믿으시죠? 아닌가요?"

"네. 확실히 그래요."

"아마 우리들 대부분이 부인과 의견을 같이 할 것입니다. 하지만 시궁쥐들은 목격자로서의 자격을 갖고 있습니다. 이 이야기가 진실인지를 판단하는 데 있어서 그들이 도둑이라는 것에 영향받으면 안 됩니다. 다른 말로 하자면, 부인이 그들이 도둑이라고 생각하기 때문에 그들을 거짓말쟁이라고 생각해서는 안 된다는 뜻입니다."

"하지만 난 그래요. 어떻게 안 그럴 수가 있죠?"

"이 사건과는 아무런 상관이 없기 때문입니다." 찰스가 말했다.

"확실히 관련이 있어요." 보구스 부인이 말했다.

"계속하는 게 좋겠습니다."

찰스가 페르디난드에게 말했고 페르디난드는 설명을 계속하는 것은 그의 목격자들의 진실성에 오히려 의심을 더 사게 할 뿐이라는 걸 알고는 고개를 끄덕였다.

"그럼." 페르디난드가 말했다. "저는 판사에게 제출될 증거들로만 판단하시기만을 요청하겠습니다. 시궁쥐들은 여기에 나와서 증언하는 것을 꺼려했습니다. 그것은 헛간 밑의 자기들의 안전한 집에서 빠져나오는 것을 의미하니까요. 그들을 여기로 데려오기 위해서는 판사에게서 약속을 받아내야 했습니다. 심리가 끝나기 전까지 괴롭히지 않는다는 것을 말입니다. 이제 첫 번째 증인을 부르겠습니다. 사이먼."

늙은 회색 시궁쥐가 자신과 가족이 모여 있는 마차 밑에서 기어나와 탁 트인 공간의 목격자 자리에 자리를 잡았다.

"배심원에게 당신이 본 그대로를 말하시오." 페르디난드가 말했다.

사이먼의 콧수염은 씰룩거렸고, 그의 눈이 마차 뒷자리에 누워서 꼬리를 이쪽저쪽으로 부드럽게 흔들고 있는 징크스의 주변을 슬쩍 살폈다.

"판사님, 약속해 주십시오. 내 아이들과 내가 증거물을 가지러 집에 다녀오는 동안 우리를 공격하는 일이 없도록 말입니다. 난 불쌍한 시궁쥐입니다. 난 누구에게도 해를 끼치지 않습니다. 우리 시궁쥐들도 살아야 합니다. 당신네 동물들이 생각하지 않는 게 바로 이거……."

"정숙!" 찰스가 단호하게 말했다. "우린 지금 당신의 사건을 다루고 있는 것이 아니오."

"예, 존경하는 판사님." 사이먼은 공손하게 말했다. "하지만 약속을 해 주시면……."

그때 프레디가 끼어들었다.

"판사와 배심원, 그리고 나와 죄수들을 포함한 모든 동물들은 이 심리가 끝날 때가지 당신에게 어떤 해도 끼치지 않을 것을 동의합니다. 제가 맞게 말했습니까, 존경하는 판사님?"

"동의합니다." 찰스가 대답하자 사이먼이 다시 물었다.

"예. 그리고 심리가 끝난 후 헛간으로 돌아가는 동안 안전을 보장해 주시겠습니까?"

찰스가 말하려고 했지만 프레디가 찰스를 가로막고 말했다.

"당신이 지금부터 심리가 끝나는 시간까지 어떤 범죄를 저

지르지 않는 한 당신 가족에게로 돌아갈 수 있소."

징크스를 불안한 시선으로 보고 있던 사이먼은 만족스러운 듯 얘기를 시작했다.

"8월 7일 정오에 우리 가족은 평화롭게 저녁을 먹고 있었습니다. 근데 그때 헛간 다락 쪽에서 크게 싸우는 소리가 소란하게 들려왔습니다. 우리는 우리의 비밀 통로를 통해 벽으로 기어올라가 쥐구멍을 통해 밖을 바라보았습니다. 우리가

본 광경은 정말 무서운 광경이었습니다. 지금 법의 잣대 뒤에서 있는 이 고양이, 그러니까 이 흉악한 중죄인이, 그러니까 극악무도한 범죄를 저지른 그를 결국 찾아 내게 된 건데……이 악마는……."

"이봐, 이봐, 사이먼." 프레디가 말을 끊었다. "너의 이야기에 충실하라고. 이름만 들먹이지 말고 말야."

"아, 용서하십시오, 존경하는 판사님." 사이먼이 찰스에게 위선적인 곁눈질을 보내며 말했다. "저의 감정에 충실하다 보니 그렇게 되었습니다. 그런 끔찍한 범죄에 관한 저의 증오와 혐오가 저를 그렇게 말하도록 했나 봅……."

"그런 식으로 더 많은 말을 한다면……." 징크스가 화가 나서 꼬리를 쉬익 휘두르며 끼어들었다. "이 초만 수사해도 진짜 살인범이 되겠군. 널 강스파이크로 내려 찍을 거야. 이 느끼한 설치류 영감탱이야. 내일 아침에도 아침 식사를 헛간 밑에서 할 수 있을 줄 아냐?"

"명령이오!" 찰스가 소리쳤다. "시궁쥐는 이야기를 계속해서 말하고, 당신 의견은 자제하시오."

"예, 존경하는 판사님." 사이먼이 겸손한 척하며 말했다. "이 부분을 말하려고 했습니다. 우리가 그곳에 도착했을 때 이 고양이는 반격할 능력도 없는 불쌍한 작은 까마귀를 덮치고 있었습니다. 그때 우리는 무슨 일이 일어나고 있는지 알 수 있었습니다. 고양이는 잔인하게도 까마귀를 갈기갈기 찢

었습니다. 우리는 소리 질렀습니다. 존경하는 판사님. 우리는 그를 멈추게 하려고 했습니다. 하지만 그는 우릴 보고 이를 드러내며 무섭게 웃고는 학살을 계속했습니다. 저는 손자를 시켜 경찰에게 즉시 알렸습니다. 하지만 우린 무섭기만 한 그의 행동이 끝날 때까지 지켜보기만 했을 뿐 아무것도 할 수 없었습니다. 우리는 눈물을 흘렸습니다. 존경하는 판사님, 저는 비참한 새의 운명에 대한 우리의 슬픔과, 도움을 주지 못했던 것에 대한 우리의 공포와 분개, 그때 흘렸던 우리의 쓰디쓴 눈물에 관해 숨기지 않을 것입니다. 하지만 그것들은 우리의 협박과 경고 만큼이나 소용이 없었습니다. 잔인하고 냉혹한 동물은 바로……."

징크스가 뛰어오르자 사이먼이 서둘러 말을 마쳤다. "존경하는 판사님, 이것이 제가 본 이야기입니다."

사이먼의 뒤를 이어 여덟 마리의 다른 시궁쥐들이 같은 증언을 했다. 그 다음 찰스가 증언대에 서서, 헛간으로 불려갔을 때 징크스를 발견한 곳에서 그의 범죄 현장을 보고는 심하게 겁에 질렸다고 말했다. 그러자 프레디가 사이먼을 반대 심문하고 싶다고 요청했고, 시궁쥐 사이먼은 다시 앞으로 나왔다.

"헛간 다락에 있는 쥐구멍은 크기가 얼마만 한가요?" 프레디가 물었다.

"당신은 벌써 보았으니 이미 알고 있을 텐데요." 사이먼이 이를 드러내고 웃으며 말했다.

"내가 물은 건 그게 아니오." 프레디가 투덜거렸다. "그 구멍은 고양이가 들어갈 만큼 큽니까?"

"어떤 고양이도 들어갈 수 없소."

"그렇다면 그 구멍들은 시궁쥐 한 마리가 그럭저럭 들어갈 만큼 큽니까?"

"그럭저럭."

"그 구멍들은 몇 개가 있소?"

"세 개입니다." 사이먼이 말했다. "내가 말했듯이 아무런 해도 끼친 적이 없습니다."

"오, 그럴까요?" 프레디가 말했다. "자, 이제 어떻게 시궁쥐 아홉 마리가 한 마리가 겨우 들락날락할 만한 구멍 세 개로 모든 일을 볼 수 있었는지 말해 주겠습니까?"

사이먼은 수염을 씰룩거리며 으르렁거렸다.

"지금 나를 거짓말쟁이로 모는 거지, 그렇지? 그래, 말해 주지, 영리한 척하는 놈아. 구멍 하나에 세 마리가 붙어서 봤다."

"그들이 밖을 볼 때 어떻게 서 있었습니까?" 프레디가 물었다. "옆으로 나란히 서서 보기는 힘들었을 테고, 한 줄로 서서 보았습니까? 어떻게 볼 수 있었습니까?"

프레디의 질문에 사이먼이 으르렁거렸다.

"걔네가 어떻게 했는지 내가 알게 뭐야! 제대로 봤다는데

안 그랬다는 거야? 그들이 본 대로 말하는 걸 너도 들었잖아, 아니야?"

"물론, 나도 들었습니다." 프레디가 기분 좋은 목소리로 말하고는 찰스를 돌아보았다. "더 이상 질문 없습니다, 존경하는 판사님."

배심원이 까마귀 발톱과 깃털을 조사하는 동안, 사이먼은 흥분한 시궁쥐들이 재잘거리고 찍찍거리고 있는 마차 밑으로 물러갔다. 프레디의 질문은 목격자들을 다소 불안하게 만든 것이 분명했다. 더구나 프레디가 이 기소 사건에 다른 증거가 없다면 변호인측 증인을 몇 명 부르고 싶다고 말하자 시궁쥐들은 바로 조용해졌다.

첫 번째 증인은 페르디난드였다. 그는 죽은 까마귀가 누구인지 모르겠다고 증언했다. 그가 아는 한 농장에서 어떤 방향으로든 하루 동안 비행하다가 실종된 까마귀는 없다고 했다.

"이번 해에는 까마귀들이 어떤 방향으로든 하루 이상 비행하는 경우가 없었던 것 같습니다. 그런가요?"

프레디가 묻자 페르디난드가 대답했다.

"네. 하지만 이 까마귀는 다른 지방에서 친척을 만나기 위해 방문한 것 같아 보입니다. 그렇다면 말이 됩니다."

"까마귀가 그런 방문을 하는 것은 일반적인 일이 아닙니다, 그렇지요?"

"네."

"그런 까마귀를 혹시 알고 있습니까?"

"아니오." 페르디난드가 말했다. "하지만 그렇게 못할 이유도 없지요."

"사실입니다." 프레디가 말했다. "하지만 틀림없이 있을 수 있다기보다는 그럴 수도 있다라는 것이죠? 안 그런가요?"

"네, 아마도……." 페르디난드가 마지못해 말했다.

"감사합니다. 더 이상 질문 없습니다." 프레디가 말했다. "이번에는 이니를 증인으로 부르겠습니다."

생쥐가 증인으로 나왔다. 이니는 프레디가 농장 주변 팔백 미터 이내에 있는 모든 이웃들의 책상을 조사하도록 지시했다고 했다. 이니는 맥니클 양의 집을 방문하기 전까지는 어떤 집의 책상에서도 이상한 점을 발견하지 못했다. 그러나 이니는 맥니클 양이 깨끗하게 잉크를 빨아들이고 물걸레질을 해서 닦아 냈지만 최근에 잉크 병이 넘어진 흔적을 발견했다. 잉크 병 옆에 세워져 있던 압지에는 몇몇 커다란 잉크 얼룩과 매우 작은 발자국이 잉크로 인쇄되어 있었다. 이니는 프레디에게 이 압지를 가져다 주었고, 프레디는 배심원들이 살펴볼 수 있도록 넘겨 주었다.

프레디는 다음으로 맥니클 양의 개 프리니를 불렀다. 프리니는 8월 5일 저녁에 닭고기를 먹었다고 증언했다. 찰스는 이 말에 덜덜 떨었고, 배심원석 위의 가로대에 앉아 있던 찰스의 딸 레아는 마치 죽을 것처럼 기절하여 바닥으로 쿵 떨어

졌다. 레아가 바깥으로 실려 나가고 질서가 잡히자 프레디가
물었다.

"이 닭의 발톱을 마지막으로 본 게 언제입니까?"

"이의 있습니다!" 프리니가 대답하기도 전에 페르디난드가
소리쳤다. "존경하는 판사님, 사건이 있던 전날 맥니클 양이
저녁으로 무엇을 주었는지는 이 잔인한 살해 사건과는 아무
런 관계가……."

"이의 있습니다, 존경하는 판사님." 프레디가 소리쳤다.
"아직 어떤 살해 사건이 벌어졌다고 증명되지 않았습니다.
페르디난드가 배심원에게 편견을 갖게 만들고 있습니다."

"정숙하시오!" 동물들이 한마디도 놓치지 않으려고 이의를
제기하는 변호인석 가까이 몰려와 장내가 시끄러워지자 찰스
가 꼬꼬댁 꼬끼오 하며 울었다.

"한번에 모두 이의를 제기하지 마시오! 페르디난드, 당신은

탐정 프레디

무엇에 이의를 제기하였소?"

까마귀 페르디난드는 자신의 주장을 되풀이했다. 프레디가 반박했다.

"존경하는 판사님, 숙녀 분이 준비해 주었던 저녁은 이 사건과 매우 밀접한 관계를 갖고 있다는 걸 보여 주고 싶습니다. 계속해도 될까요?"

"계속하시오."

어리둥절해서 할 말을 생각하지 못한 판사가 말했다. 프레디는 질문을 되풀이했고, 프리니가 대답했다.

"내가 발톱을 마지막으로 본 것은 8월 6일 오전에 쓰레기 더미에서였어요."

"그 뒤, 같은 날에 쓰레기 더미에 간 적이 있습니까?"

"예, 있습니다."

"거기에 그것들이 있었습니까?"

"아니오. 그것들은 없어졌어요."

페르디난드는 이 증인을 반대 심문하지 않았다. 프레디가 다음으로 사이먼의 아들 제크를 부르자 동물들이 더 앞으로 밀려들어 소란이 생겼다. 찰스가 조용히 하지 않으면 법정에서 몰아내겠다고 엄포를 놓을 때까지 소란이 계속되었다. 어크조차 꼭 감은 작은 눈을 종종 뜨거나 코골이를 멈추곤 했다.

"자, 제크." 프레디가 말했다. "내가 묻는 질문에 진실만을 대답해야 한다. 알겠니?"

"예." 제크가 눈을 크게 뜨고 진실해 보이려고 노력했지만 속이 좀 좋지 않은 것처럼 보였다.

"아주 좋아." 프레디가 말했다. 프레디는 잠시 멈췄다가 갑자기 제크를 노려보며 크게 물었다. "8월 6일 아침 어디에 있었지?".

제크는 깜짝 놀란 것 같았다. "왜요? 저… 전, 하루 종일… 어… 집에 있었어요. 네, 집에요."

"네가?" 프레디가 고함쳤다. "네가 집에 있지 않았다는 걸 증명해 줄 증인이 있다면 어떡할래?"

"잠시 집에 없었을 수도 있어요. 정확히 기억할 수 없어요. 전 이따금씩 밖에 나가요."

"그렇다면 넌 밖에 나갔었지?"

"예, 아… 아마 그랬을 거예요."

"좋아." 프레디가 말했다. "이제 8월 6일 아침으로 정신을 집중해 보거라. 넌 산책을 하고 있었다고 치자. 넌 맥니클 양의 집 앞으로 난 길을 따라 걷고 있었어. 여기까지 맞니?"

"진짜 기억이 안 나요. 전 단지 바람을 좀 쐬러 나갔어요. 내가 그 길을 갔는지도 모르죠. 전…."

"네가 그 길을 갔을지도 모른다고?" 프레디가 말했다. "난 네가 맥니클 양의 집으로 곧장 갔는지 물어봤다. 넌 지하실 창문을 통해 들어갔지. 그리고는 한층 올라가서 부엌 식탁으로 올라가 햄을 뜯어먹었고…."

"아니에요!" 제크가 소리쳤다. "전 부엌에는 들어가지 않았
어요. 전…."

"입 닥쳐, 이 바보야!" 사이먼의 호통치는 목소리가 마차
밑에서 나왔다. 즉시 페르디난드가 날개를 펄럭거리면서 소
리쳤다.

"그만! 그만! 이의 있습니다! 존경하는 판사님, 두 가지 이
의를 제기합니다. 첫째, 사건이 있던 전날 제크의 행방은 아
무런 관계가 없습니다. 둘째, 프레디는 이 증인에게 겁을 주
려고 하고 있습니다."

"이의를 기각합니다." 찰스가 성급하게 말했다. "이 시궁쥐
의 행방이 이 사건과 아무런 관계가 없다 하더라도 맥니클 양
의 집에 가서 뭘 했는지 여기 있는 모두가 알고 싶어하는 것
같습니다. 그리고 두 번째 이의에 관해서는 프레디나 다른 어
떤 동물이 제크를 겁 주려고 한다면 어떻게 하는지 나도 보고
싶소. 계속하시오, 프레디."

"제기랄!" 페르디난드가 소리쳤다. "이건 어쨌거나 사건 심
리요, 찰스. 조금이라도 상식을 갖고 행동해 주시겠습니까?"

"사건 심리를 이렇게 하는 게 맘에 안 든다면 말야, 이 까마
귀야." 찰스가 엄하게 말했다. "넌 여기서 떠날 자유가 있어.
이 법정은 누구의 지시도 받지 않아. 내가 여기서 징크스에게
선고할 거야. 그에게 선고할 거라고. 난 그럴 거야. 하지만 내

방식대로 할 거야."

"이제 완전히 안심하겠습니다, 존경하는 판사님." 페르디난
드가 말했다.

"난 만족 못하겠는데." 프레디가 말했다. "찰스, 넌 여기에
징크스를 벌 주려고 나온 게 아니야. 넌 정의가 구현되는지
보기 위해 여기 있는 거라고."

"내가 징크스에게 형량을 선고하면 정의가 구현되는 거지.
안 그래?" 찰스가 물었다.

"그가 유죄가 아니라면?"

"하지만 그는 무죄가 아니야." 찰스가 외쳤다. "다들 알고
있다고."

"자유인으로 태어난 이 나라의 모든 동물은……" 프레디가
말했다. "유죄로 판명되기 전까지는 유죄가 입증될 수 없어.
이 법정의 청중들에게 호소하겠습니다. 심리가 끝나기도 전
에 피고를 비난하는 판사와 우리가 무엇을 할 수 있겠습니
까?"

"판사에서 물러나라! 판사를 쫓아내라! 다른 판사를 뽑읍
시다!" 동물들이 소리쳤다.

"정숙하시오!" 찰스가 소리 질렀다. "내 의무는 여기에서
판단을 내리는 것……."

"네가 갖고 있지 못한 걸 줄 수 없어!" 어떤 목소리가 외쳤
다. "찰스, 넌 뭐든 제대로 판단한 적 없어. 너도 알고 있잖

아!"

웃음이 터져나왔지만 프레디는 뒷다리로 일어서서 조용히 하라는 행동을 취했고, 소음은 잦아들었다.

"확실합니다." 프레디가 말했다. "우리의 훌륭한 판사는 생각 없이 말한다는 것입니다. 판사는, 여러분도 잘 알고 있는 피고의 유죄가 증명되기 전까지는 무죄로 생각해야 한다는 사실을 알고 있습니다. 저는 단지 징크스를 싫어하는 그의 마음이 정의에 관한 분별력을 해치지 않기를 바랍니다. 알고 있지? 안 그래, 찰스?"

"오, 그럴지도 모르지." 찰스가 지쳐서 대꾸했다. "심리를 계속하도록 해. 그러겠지? 날 못살게 굴지 말고."

"그래." 프레디가 말했다. "자, 제크, 네 자백에 따르면 넌 8월 6일 아침 맥니클 양의 집에 있었어. 거기서 뭘 했는지 말해 주겠니?"

"넌 그 말에 대답할 필요 없다." 마차 밑의 사이먼이 소리쳤다. "너에게 죄를 뒤집어씌울 것 같거나 네 품위를 떨어뜨리는 것 같은 질문에는 대답하지 않아도 돼."

"알았어요. 그런 것엔 대답하지 않을게요."

"대답이 너에게 죄를 뒤집어씌우거나 품위를 떨어뜨릴 것 같니?" 프레디가 물었다.

"에, 아주 많이요."

"좋아." 프레디가 말했다. "그 질문이 네게 죄를 뒤집어씌울 것 같거나 품위를 떨어뜨린다고 생각한다는 거구나. 페르디난드, 이 품위가 떨어진 증인에게 반대 심문하고 싶소?"

"아니오." 페르디난드가 뾰루퉁하게 말했다. "그는 이 사건과 아무런 관계가 없습니다. 내가 말했듯이 처음부터 죽 아무런 관련이 없었습니다."

프레디는 두 명의 증인을 더 불렀다. 첫 번째는 다람쥐로, 6일날 아침 어떤 종류인지 모르지만 새 발톱을 시궁쥐가 헛간으로 운반해 가는 걸 보았다고 증언했다. 두 번째는 파란 어치새로, 같은 날 집에 갑자기 돌아와 보니 시궁쥐 두 마리가 그의 둥지를 들여다보고 있는 걸 보았다고 증언했다. 그는 시궁쥐들에게로 날아가 그들을 내쫓고 나서 조심스럽게 살펴보았지만, 둥지 안에 붙여 놓은 몇 개의 긴 깃털만 사라졌을 뿐이었다고 했다. 그날 오후에 시궁쥐 두 마리를 본 적이 있는데, 전에 왔던 시궁쥐들인지 아닌지는 분간이 가지 않지만, 숲 속을 달리고 있던 시궁쥐들이 입에 몇 개의 서로 다른 종류의 깃털을 물고 있었다고 했다. 그들은 어떤 목적을 위해서 깃털을 모으고 있었던 것이 분명했다는 것이다.

사건이 어떻게 돌아가는지 알 수 없는 군중들은 들뜨기 시작했다. 그러다 프레디가 더 이상 부를 증인이 없다고 말하고 배심원에게 이 사건의 요점을 말하겠다고 선언하자 다시 조용해졌다.

탐정 프레디

# 12

# 프레디의 사건 개요

"배심원 여러분, 징크스는 무죄이며 범행은 처음부터 일어
나지 않았음을 밝히겠습니다. 저는 몇몇 동물들이 징크스가
저지르지도 않은 범죄를 뒤집어씌워 그를 감옥에 가두고 자유
를 빼앗으려는 음모를 꾸몄다는 것도 증명해 보이겠습니다."

프레디는 말을 계속했다.

"우선 징크스가 잡아먹었다는 까마귀의 것이라고 진술된
발톱과 깃털을 신중하게 검사해 달라고 요청해도 되겠습니
까? 여러분은 지난 6일 맥니클 양 집의 쓰레기 더미에서 사
라진 두 개의 닭 발톱을 기억하시겠죠? 제크 본인도 인정했
듯이 제크는 같은 시간에 집 가까이 있었습니다. 여러분이 보
고 있는 발톱은 까마귀 발톱이 아닙니다. 제크나 헛간에 살고

있는 제크의 친척들이 가져온 닭 발톱입니다."

"하지만 이 발톱들은 검정색입니다." 피터가 말했다.

"맞습니다." 프레디가 말했다. "하지만 그것들은 잉크로 검게 물들여진 것입니다. 시궁쥐들은 맥니클 양의 집 안으로 발톱을 옮겨와 책상에 있는 잉크 병을 기울여 염색했습니다. 여기에 그 책상에서 가져온 압지의 일부가 있습니다. 여러분은 압지에 난 시궁쥐의 발자국을 보실 수 있을 것입니다. 더욱이 여러분이 증거라고 들은 깃털은 시궁쥐들이 6일 숲 속에 들어가서 다양한 종류의 깃털을 모아 증거처럼 꾸민 것입니다. 이제 증거라고 주장된 까마귀의 깃털을 자세히 살펴봐 주십시오. 여러분은 그것들이 서로 다른 종류의 새의 깃털임을 알 수 있을 것입니다. 그것들도 모두 까맣습니다. 하지만 그 깃털들의 냄새를 맡아 보신 뒤 잉크를 빨아들이는 압지의 냄새도 맡아 보십시오. 여러분은 두 군데에서 나는 냄새가 같다는 걸 알게 될 것입니다. 잉크 냄새 때문입니다. 깃털은 염색되었습니다. 발톱이 염색되었듯이요."

배심원들이 깃털 냄새를 맡아 보려고 하는 동안 약간의 혼란이 있었다. 냄새를 맡는 동안 코가 간질거리는 걸 참을 수 없었기 때문이었다. 배심원석에서 굉장한 재채기가 갑자기 터져 나왔고, 법정에 있던 깃털들이 다 흩어져 버렸다. 하지만 재채기가 끝나자 깃털들은 다시 모아졌다. 이로써 프레디의 가설이 배심원에게 받아들여진 것은 당연한 일이었다.

"자, 이제 묻겠습니다." 프레디가 계속했다. "여러 가지 사실들을 기억하고 계신지 말이죠. 헛간에는 싸운 흔적이 전혀 없었습니다. 징크스가 그곳에서 까마귀를 잡아먹었다면 흔적이 남아 있어야 합니다. 하지만 발톱과 깃털들이 한곳에 더미로 깔끔하게 쌓아 올려져 있을 뿐이었습니다. 헛간 다락에서 일어나는 일을 보았다는 곳은 쥐구멍 세 곳뿐이었습니다. 시궁쥐 한 마리가 겨우 지켜볼 수 있는 쥐구멍에 세 마리씩이나 붙어서 사건을 지켜보았다고 증언했습니다. 마지막 사실은, 여러분도 아시다시피 실종되었다고 알려진 까마귀가 한 마리도 없다는 것입니다. 까마귀는 보통 꼬리 깃털 하나가 없어져도 한 주가 넘도록 까악까악거리고 소리를 질러 대면서 불평불만을 터뜨립니다. 자, 이제 이쯤 되면 여러분 모두가 무슨 일이 일어났었는지를 짐작하실 것입니다. 시궁쥐들은 징크스를 쫓아내고 싶었습니다. 그렇게 되면 그들은 헛간 다락에 있는 곡물 상자에서 곡식을 바로바로 가져갈 수 있기 때문입니다. 그들은 여러분이 지금 살펴본 깃털과 발톱을 가져다 놓았습니다. 그리고는 징크스가 돌아왔을 때 그를 범인으로 몰았던 것입니다. 그들의 증언에는 진실이라고는 찾아볼 수 없습니다. 이것은 지금까지 제가 보아 온 사건 중 법의 목적을 무효화하려는 가장 비열한 시도 가운데 하나라고 할 수 있습니다. 이제 저는 피고를 풀어 주라는 평결을 받을 것을 믿어 의심치 않으며, 배심원 여러분께 이 사건을 넘깁니다."

프레디가 말을 끝맺자 환호성과 응원하는 소리가 터져 나왔다. 그 다음으로 페르디난드가 배심원에게 요약 발표하기 위해 일어섰다. 하지만 페르디난드는 이 사건에서 이길 수 없다는 걸 이미 알고 있었다. 그래서 여러 가지 사실에 관해서만 짧게 말했다. 그의 공격은 수집된 증거보다는 프레디를 향해 있었다.

　"우리의 뛰어난 동료이자 저명한 탐정 프레디는 아주 교묘한 가설을 우리에게 펼쳐 보였습니다." 페르디난드가 말했다. "저는 이 가설이 너무 교묘하다는 생각이 듭니다. 결국 탐정이란 가설을 만드는 직업 아닙니까? 하지만 우리는 여기에서 진실이 무엇인지 생각해야 합니다. 우리는 순진한 동물들입니다. 우리는 순수하고 단순한 것을 좋아하지요. 여기에 고양이 옆에 죽어 있던 새가 있습니다. 이것보다 확실한 게 무엇입니까? 우리가 사건을 납득하는 데 필요한 것이 우리의 바로 코 앞에서 벌어진, 사실이 거짓이라는 까만 잉크 이야기, 파란 어치새의 이야기, 닭고기 저녁 식사 이야기입니까? 저는 아니라고 생각합니다. 여러분은 2 더하기 2가 4라는 데 동의한다고 생각합니다. 하지만 여러분은 2 더하기 2가 6인지를 설명하는 긴 변론을 더 좋아할는지도 모르겠습니다. 프레디는 존경스럽고 경이롭고 뛰어난 가설을 우리에게 보여주었습니다만 저는 여러분의 평결이 '유죄' 이외에 다른 결정은 내려질 수 없을 것이라고 생각합니다."

페르디난드의 연설이 끝나자 약간의 환호가 있었다. 그러나 그건 그가 청중의 동의를 구하기보다 사실을 슬쩍 피해 간 영리함 때문이었다. 그 뒤 찰스가 연설을 하기 위해 일어섰다. 그의 연설은 셋 가운데서 가장 훌륭했다. 그는 배심원 각자에게 피고에게 유죄나 무죄를 결정해야 하는 데 있어 많은 노력을 기울여야 한다며 중대한 책임감에 관해 말했다. 찰스는 배심원들에게 배심원들은 편견을 갖고 제멋대로 평결을 내리면 안 되며, 사실을 사실 그대로 보아야 한다고도 말했다. 하지만 연설은 아주 길고 쓸데없이 많은 아름다운 어구들 때문에 뜻하는 바는 적었다. 그러므로 여기에 찰스의 연설 내용을 모두 적지는 않을 것이다. 만일 찰스의 연설문 전체를 읽고 싶다면 복사본을 얻을 수도 있다. 프레디가 찰스의 연설 전문을 포함한 심리에 관련된 모두를 기록으로 남겨서 '주정부 대 징크스'라고 라벨을 깔끔하게 붙여 '빈 농장 기록 보관소'에 다른 문서들과 함께 보관하기 때문이다. 이 이야기를 내가 여기서 읽었기 때문에 잘 알고 있다.

청중은 평결을 숨죽이고 기다리고 있었다. 불안해 보이는 징크스가 조용히 앉아 한눈으로 시궁쥐들이 서로 얘기하고 있는 마차 밑 컴컴한 곳을 바라보고 있는 동안 배심원단은 서로 몇 분간 속삭이고 있었다.

이윽고 배심원장인 피터가 일어섰다.

"존경하는 판사님, 우리의 의견은 결정되었습니다."

"무엇입니까?" 찰스가 물었다.

"무죄입니다!"

피터의 말에 헛간이 흔들릴 정도로 환호가 터져 나와서 가로대에 앉아 있던 칩멍크들이 떨어졌다. 거미 웹 씨는 재빨리 거미줄을 타고 올라가서 지붕에서 진행 상황을 살폈다. 징크스는 친구들의 축하 인사를 받기 위해 마차에서 뛰어내려왔다. 하지만 프레디는 목청이 터지도록 꼬꼬댁 꼬끼오 하며 울고 있는 찰스를 말려야 했다. 그도 즉시 조용해졌다.

"신사 숙녀 여러분." 탐정 프레디가 말했다. "이 법정을 폐정하기 전에 다른 사건을 끝내야 합니다. 저는 사이먼과 그의 가족을 음모, 위증 그리고 단순한 거짓말을 한 혐의로 고발하고 체포할 것을 청구합니다."

마차 밑에서는 찍찍거리며 얘기하는 소리가 점점 더 커졌고, 페르디난드가 말했다.

"당신은 그렇게 할 수 없소. 프레디. 우리는 그들이 헛간으로 안전하게 돌아갈 수 있다는 약속을 했소."

"내가 한 말을 기억하는지 모르겠군요." 프레디가 말했다. "심리가 끝나기 전에 그들이 어떤 새로운 범죄를 저지르지 않는다면 안전하게 되돌아갈 수 있다고 했소. 하지만 그들의 새로운 범죄가 드러났소. 그들은 징크스에 대해 진실을 말하지 않았소. 그러니 그건 범죄요."

"흠." 페르디난드가 말했다. "그런 것 같군요. 사이먼, 이리로 오시오."

사이먼은 겁쟁이가 아니었다. 싸워야 한다면 싸울 수도 있었다. 그는 밖으로 나와 교활하게 이빨을 드러내고 웃었다. 그는 말싸움을 하는 것은 별로 좋은 결과를 가져오지 않는다는 걸 알고 있었다. 하지만 "이제 모두 나에게 등을 돌렸군" 하고 말한 뒤 시비를 걸었다.

"뚱뚱이 돼지, 멍청한 까마귀, 어리석은 양, 목에 깁스한 수탉, 그리고 너희 모두. 그래, 계속해. 우릴 감옥에 넣어. 그리고 우리가 어떻게 하는지 잘 봐. 그게 너희들이 할 수 있는 전부지? 자, 이제 나와라. 제크, 그리고 남은 애들 모두."

다른 시궁쥐들은 절대로 나오고 싶지 않았지만 고양이를 빼고는 대장 사이먼을 가장 무서워했기 때문에 즉시 밖으로 기어나와 옆에 섰다.

"우린 순서대로 이번 심리를 가질 것입니다." 찰스가 말했다. "여기 배심원단이 있고 너희들은 변호사를 선택할 수 있다."

"내가 변론하겠소." 사이먼이 말했다.

"좋아요. 징크스, 한 마리도 도망가지 못하게 감시하고 있어." 찰스가 말했다.

"그래! 내가 지킬게!"

징크스는 그렇게 말하고는 이를 드러내 놓고 있는 사이먼 옆으로 가 앉았다. 징크스는 원래 상냥한 고양이로, 원한을 오래 품고 있는 성격이 아니었다. 원한을 가질 만한 충분한 이유가 있는 지금조차도 시궁쥐 사이먼에게 상냥하게 윙크를 하면서 말했다. "침착해, 사이먼."

시궁쥐들은 한 마리씩 질문을 받았다. 그들은 이름과 나이를 말한 뒤에 벌을 받을 까닭이 없는 이유에 관한 질문들을 받았는데, 사이먼의 압력을 받고는 모든 질문을 "아니오"로만 답했다. 그중 가장 작은 쥐는 알프레드인 이름을 올프레드라고 고집해서 동물들의 웃음을 자아냈다.

"세상에 그 이름은 올프레드가 아니라 알프레드라고 해야 옳아!"

찰스가 말하자 시궁쥐가 외쳤다.

"아니에요! 내가 그렇게 부른다니까요."

"한 자씩 불러볼 수 있니?" 찰스가 물었다.

"올—프—레—드." 시궁쥐가 말했다.

"'올'이 아니라 '알'이겠지. 알프레드, 그게 맞아."

"아니에요. 올프레드라고요." 시궁쥐가 고집스럽게 말했다.

찰스와 작은 시궁쥐는 몇 번의 말다툼을 벌였다. 결국 찰스가 포기했다.

"그래, 그래. 맞다고 치고 사건 얘기로 넘어가자."

그리고는 질문이 계속되었다.

마지막으로 사이먼 차례가 왔다. 벌을 받을 까닭이 없는 이유가 있으면 말하라는 질문에 그는 없다고 했다. 감옥에 가게 되는 것에도 반대하지 않았다.

사이먼이 말했다.

"우린 전에 감옥 밑에서도 산 적이 있지. 우린 한 층 올라와 감옥에서 사는 것에 반대하지 않아. 듣기로는 아주 좋은 곳이라던데. 먹여도 준다며? 우릴 거기로 보내서 얻게 되는 게 뭔지 모르겠지만 뭐 그거야 네 일이니까."

"우리가 얻게 되는 게 바로 그거야." 찰스가 말했다. "그래서 우리에게 감옥은 골칫덩어리였거든. 나도 인정한다고. 많은 동물들이 범죄를 저지르고 거기에 보내지면 좋은 시간을 갖지. 어떤 동물들은 범죄를 저지르지 않고도, 감옥행을 선고받지 않았어도 거기 들어가 있어. 그래서 프레디가 해결안을 내놓았지. 지금부터 형량을 선고할 때 힘든 노동이 반드시 포함될 거야. 이젠 더 이상 게임이나 하며 흥청망청 노는 건 없어. 죄수들 모두 하루 종일 일을 해야 해. 감옥은 이제 더 이상 인기 있는 곳이 아닐 거야."

시궁쥐들은 이 이야기에 맥이 빠진 듯했다. 잠시 모여서 속삭이다가 갑자기 사이먼의 신호를 받고는 문으로 재빨리 뛰어가기 시작했다.

시궁쥐들은 질문을 받는 동안 대단히 이성적이었기 때문에 징크스조차 감시를 풀고 있었다. 징크스가 와락 덤벼들었지만 간발의 차로 사이먼을 놓쳤다. 징크스는 도망자의 뒤를 쫓아 청중들 사이로 뛰어들었다.

프레디가 징크스에게 소리를 질렀다.

"징크스, 내버려둬. 헛간으로만 가지 못하게 하고 그냥 도 망가도록 내버려둬."

징크스는 알아들었다는 표시로 날카로운 소리를 내고는 말, 양, 염소의 다리 사이와 심리를 들으러 온 동물들로 꽉 찬 외양간을 헤집고 나왔다. 바깥에도 군중이 많았지만 헛간과 가장 가까운 쪽으로 재빨리 나갔다. 그러나 시궁쥐는 한 마리 도 눈에 띄지 않았다

"이런, 놓치고 말았어!"

징크스는 중얼거리면서 탕탕 치는 소리가 들려오는 헛간 쪽을 향해 조심스럽게 다가갔다. 빈 아저씨가 강도가 뜯어 놓 은 바닥을 고치고 있었다. 징크스가 혼잣말을 했다.

"그들이 감히 저 길로는 가지 않았겠지. 이 문 밑에 있는 이 구멍이 쥐구멍인 것 같은데. 지켜봐야겠어."

징크스는 그곳을 살피러 기어들어갔다. 헌데 이게 웬일인 가? 구멍을 누군가 양철 조각으로 막고 못을 박아 놓은 것이 었다. 징크스는 생각했다.

'맙소사! 빈 아저씨가 시궁쥐에 대해 알아냈다면 난 이제 운이 다한 거야. 빈 아저씨가 이 구멍을 찾아서 못을 박아 놓 았다면 당연히 그렇겠지.'

하지만 그 쥐구멍 옆에 다른 구멍이 있었다. 그래서 징크스 는 거기를 둘러보러 갔다. 징크스는 시궁쥐들이 먼저 도착하

지는 못했을 거라고 확신했다. '내가 만일 그들을 내쫓는다면……' 하고 생각하며 두 번째 쥐구멍을 보았는데 그것 역시 못이 박혀 있었다.

한편 헛간 안의 죄수들은 자신들에게 힘든 노동이 기다리고 있다는 사실을 모른 채 웃고 떠들며 노래 부르고 있었다.

우리는 소리 높여 질러 댄다.
그리고 판사를 좋은 남자라고 부르지.
왜냐하면 우리를 여기에 넣어 주고 보살펴 주니까
우리는 밖에 있는 것보다 여기 있는 게 좋아.

징크스는 이를 드러내고 웃었다. 노래가 끝나서 조용해지자 누군가 말하는 소리가 들려 왔다. 징크스는 멈춰서 귀를 기울였다.

"쥐구멍이 있었다니." 빈 아저씨의 목소리였다. "그것들을 보고는 내가 좀 화가 났었소. '징크스가 책임을 다하지 못하고 있군.' 이렇게 혼잣말을 했다오. '시궁쥐들이 숲에서 여기로 다시 오게 놔두다니.' 하지만 그곳에는 쥐 새끼 한 마리 없었소. 바닥을 쿵쿵거리며 다니고 널빤지 몇 개를 뜯어 봤는데 어디에도 시궁쥐 흔적이 없었다오. 그래서 그 구멍들을 다 양철판을 대고 못을 박아 막았소. 혹시 집을 찾아 돌아다니다가 들어오면 안 되니까 말이오."

"징크스는 정말 좋은 고양이이에요." 빈 아줌마가 말했다. "징크스는 헛간에 시궁쥐가 얼씬거리도록 놔두지 않아요. 우리가 본 중 최고의 쥐잡이에요, 여보."

"여보, 당신은 언제나 징크스에게 우호적이구려. 당신이 옳은 것 같소. 커다란 쥐구멍이 두 개나 있는 헛간에 쥐 한 마리 얼씬 못하게 하는 고양이가 있다는 건 좋은 일이지. 우리가 아무래도 종종 크림 한 접시를 더 줘야 할 것 같구려."

"여보, 바로 오늘밤에 한 접시를 더 만들어 줘야겠어요. 오늘 낮에 외양간이 소란하던데 무슨 일인지 알아요?"

"아, 동물들이 회의를 여나 보오. 난 동물들이 소리 지르고 크게 울면서 재미있는 시간을 갖는 게 좋소. 하지만 더 이상 여행은 가지 않았으면 좋겠구려."

"당신은 내 마음을 읽나 보군요, 여보. 하지만 동물들은 요새 탐정 일에 열중하고 있어요. 바로 프레디가 주요 인물이죠. 아주 영리해요! 징크스도 그렇고요."

"그런 면에서는 모두 다 그렇지 않소?" 빈 아저씨가 말했다. "뉴욕 주에 이렇게 좋은 동물이 많은 곳은 없을 거요."

징크스는 밖으로 기어나왔다. 그는 정말 행복한 고양이였다. 그의 모든 골칫거리가 한번에 해결되었다. 배심원들은 그를 무죄로 선언했고, 시궁쥐들은 헛간에서 쫓겨났다. 빈 아저씨가 쥐구멍을 막는 동안 심리가 열렸으니, 시궁쥐들은 들어가지 못했거나 갇혀 있을 게 뻔한 일이었다. 시궁쥐들은 곤경에 빠졌겠지만 지금 징크스에겐 모든 것이 좋았다.

그날 밤 징크스, 프레디, 위긴스 부인은 오리 연못가에 앉아서 달이 떠오르는 걸 지켜보고 있었다. 달빛이 물에 비치어 하얀 잔물결이 이는 것처럼 보였다. 징크스는 그 하얀 색깔을 보고는 앞으로 먹게 될 신선하고 맛있는 크림을 떠올렸다.

"지난 몇 주 동안 일이 너무 고됐어."

그날 있었던 일들을 모두 얘기한 뒤에 프레디가 말했다. "짧은 휴가를 가져야 할 것 같아. 조용하고, 할 일 없이 그저 풀밭에서 뒹굴거리면서 시상을 떠올릴 만한 곳이 좋겠어."

"나도 피곤해." 징크스가 대답했다. "시궁쥐에 관련된 모든 일 때문에 내 신경이 곤두섰거든. 근데, 짧은 여행을 가 보는 게 좋겠다고?"

"그래, 그거 좋은 아이디어다." 위긴스 부인이 말했다. "프레디, 네가 없는 동안 내가 탐정 일을 볼 수 있어."

프레디는 하품을 하고는 "그래, 넌 할 수 있어" 하고 말했다. "맙소사, 난 내일 아침에 사무실에 나가 고객과 면담하고 사건을 분석해야 한다는 건 생각만 해도 끔찍해. 얼마나 피곤하면 좋아하는 일조차도 이럴까."

"시궁쥐들을 지켜보고 있는 것과 같아." 징크스가 말했다. "내가 그 기분 알지."

"탁 트인 길." 프레디가 꿈꾸는 듯 말했다. "우리가 플로리다에 갔을 때 내가 만들었던 노래 기억 나?"

"그럼, 난 기억 나!" 징크스가 말했다. "우리 그걸 부르자. 달빛을 받으며 여기에서."

"여행자의 노래." 프레디가 말했다. "탁 트인 길에 있을 때 불러야지, 집에 앉아서 부를 만한 노래는 전혀 아니야."

"저기에 너의 탁 트인 길이 있다!"

징크스가 껑충 뛰어오르면서 하얀 기둥이 달빛에 희미하게 빛나는 정문쪽을 멋지게 가리켰다. 프레디는 징크스를 한동안 바라보다가 뛰어올랐다.

"그래, 맞아. 기다릴 게 뭐 있어? 가자!" 프레디는 위긴스 부인을 돌아보았다. "행운을 빌어요, 위긴스 부인. 돌아와서 날 볼 수 있을 때까지."

위긴스 부인은 정문을 통해 길을 함께 걸어 내려가는 그들을 지켜봤다. 그들이 시야에서 사라질 때까지 그들의 노랫소리가 밤 공기를 가르고 그녀에게로 오랫동안 들려왔다.

먼저 프레디가 노래했다.


오, 나는 천하에 일등 가는 탐정
내가 실마리를 추적해 가면
죄 지은 동물들은 모두 벌벌 떨고 겁에 질리지
왜냐고?
그들의 뒤를 밟아 쫓아가
단단한 창살 감옥에 가두기 때문이야.

징크스가 노래했다.

오, 난 설치류의 공포의 대상
나는 시궁쥐 군대가 와도 이길 수 있어
훔치고 잘 속이는 사이먼 영감 같은 시궁쥐라도
사이먼 영감은 사악한 좀도둑, 찍찍거리기나 하는 놈
그런 시궁쥐들을 만나면 쳐부수고 먹어 버릴 거야
난 세상에서 가장 대담하고 용감한 고양이니까.

(합창)
우리의 경력이 많이 또 멀리 오르지 못했다는 걸 인정해
하지만 우린 미행과 수감하는 것에 질려 버렸다네
우리는 범죄와 청중의 흥분에서 벗어나 휴가를 갖고 싶어
우린 항상 일하기는 싫어.

여기까지 부르고는 플로리다로 가는 길에 종종 불렀던 행진곡으로 바꾸어 불렀다.

안녕이라 말하려 멈추지 않고
문 밖을 나와 길을 걸어 내려가네
하늘까지 뻗어 있는 길

모험은 언덕마다 기다리리니
우리는 바람과 별과 노니러 간다네
우리는 행진하듯이 노래 부른다네
오, 당신의 일을 사랑한다는 건 좋은 일이지
하지만 좀 놀아 줘야 해.

위긴스 부인은 노래에 맞춰 잠시 흥얼거렸는데 그 깊고 큰 소리는 마치 수백 마리의 황소 개구리가 노래부르는 것 같았다. 그런 다음 깊은 한숨을 쉬며 일어나서는 천천히 걸어서 외양간의 아늑한 침대로 돌아갔다.

탐정 프레디